KB193490

휘슬링

휘슬링

이 상 권 장 편 소 설

특별한서재

차례

갑자기 강아지를 분양받게 된 사연

    며칠간 따뜻한 가을을 맛본 터라, 갑자기 들이닥친 한파주의보에 놀란 몸이 잔뜩 움츠러들었다. 집에 들어온 시언은 춥다는 말을 연달아 내뱉었다. 아내인 소두가 따뜻한 차를 준비하겠다고 했다. 딸 수채도 방에서 나와 인사했다. 순간 시언이 주춤 섰다.

    "여보, 나 오늘 사고 쳤어!"

    소두는 깜짝 놀라 시언을 쳐다보았다. 깡마르고 호리호리한 데다가 까만 뿔테 안경을 써서 고지식한 철학 선생님을 연상시키는 눈이 자꾸만 깜박거린다.

    시언은 오늘 있었던 일을 더듬더듬 끄집어냈다.

    "오늘 회식하다가 관장님이 키우는 반려견 '왈츠' 이야기가 나왔어. 왈츠가 어렵게 강아지를 출산했대. 독신인 관장님이 강아지가 손주들 같다고 자랑하더니……."

소두랑 수채는 충분히 공감한다는 눈빛을 주고받았다.

시언은 살짝 고개를 들고 말을 이어 갔다.

"아파트에서는 개를 개답게 키울 수 없다면서, 강아지들을 안락사시킬 생각을 하고 있대. 아, 그 말을 듣고 충격을 받았어. 자기가 키우는 개라고, 자기 맘대로 죽일 수 있다는 생각 자체가 말이 안 되잖아? 그래서 안락사에 반대한다는 말을 하려고 했는데, 나도 모르게 강아지를 입양하겠다고 해 버린 거야. 내가 미쳤나 봐! 왜 그런 말을 했는지, 나 자신도 모르겠어."

수채가 입을 딱 벌렸다. 언젠가 반려견에 대해서 식구들이 이야기를 나눈 적이 있다. 이러저러한 논의 끝에 아파트에서는 절대 개를 키워서는 안 된다고 소두가 못을 박았다. 그러니 이번에도 뻔했다.

소두는 깊은 한숨을 내뱉었다.

"근데 관장님을 이해할 수 없네요. 우리도 아파트에 산다는 걸 알 텐데……."

시언은 아이처럼 헤헤헤 웃었다.

"같이 도서관에서 10년간 일하면서 봤는데, 내가 개를 잘 키울 것 같다고……."

소두는 고개를 갸우뚱하더니 어쩌면 관장님이 강아지를 분양하려고 일부러 안락사라는 덫을 놓았고, 거기에 순진한 당신이 걸려든 셈이라고 하였다. 시언은 아무런 말도 못 했다.

"딸, 네 생각은 어때?"

갑작스럽게 발언권을 강요받자 수채는 당황했다. 수채의 외모는 엄마의 유전자가 강해도, 크고 겁이 많아 보이는 눈과 내면의 성격은 아빠 유전자다. 그 눈빛이 흔들렸다. 수채가 의견을 말해도 마지막 결정은 늘 엄마의 몫이다. 괜히 섣부르게 자기 속마음을 드러냈다가 예상하지 못한 역풍을 맞을 수도 있다. 이럴 때는 잘 모르겠다고 얼버무리는 게 최고였다. 수채는 모르겠다고 말하면서 소두의 눈치를 살폈다.

"좋아. 입양하자!"

수채의 예측과는 전혀 다른 결론이었다. 수채는 멍했다.

소두가 품종을 물었다. 순간 시언은 난처한 표정으로 모른다고 하였다. 개를 입양할 때는 당연히 품종이 가장 중요한 선택의 기준일 텐데, 시언은 그런 고민을 1%도 하지 않았다. 소두는 화내지 않았다. 오히려 남편이 충동적으로 저지르게 된 상황을 완전히 이해할 수 있다면서 허탈하게 웃었을 뿐이다.

"당신 오늘 뭔가에 썼거야. 그렇지 않고서야 이런 일이 벌어질 수가 없지."

"맞아. 내가 뭔가에 홀렸나 봐."

덥지도 않은 집 안에서 시언은 땀까지 흘렸다.

수채는 시언을 따라 강아지를 분양받으러 갔다. 도서관 관장님은 서울 외곽에 있는 주택에서 살았다. 관장님네 개는 토종 믹스견이었다.

왈츠는 여우를 닮은 얼굴과 노란 꼬리가 근사했다.

강아지들이 나왔다. 관장님은 마음에 드는 두 마리를 선택하라고 했다. 수채는 당황했다. 이 중에서 선택된 놈들만 살아남고 나머지는 죽는 거 아닐까. 수채는 관장님하고 눈이 마주치는 순간 다 데려가도 되냐고 묻고야 말았다. 그 말이 뜻밖이었는지, 관장님이 호호호 웃었다.

"왜, 누구 분양해 줄 사람이 있어?"

수채는 아무런 말도 하지 못했다. 관장님은 이내 사태를 짐작하고는 더 크게 웃었다.

"안락사시킬까 봐 그러는구나! 괜찮아. 몇몇 좋은 분들이 분양받겠다고 했거든."

그제야 마음이 편해졌다. 집을 나오자 왈츠가 따라 나왔다. 수채가 손을 흔들면서, 걱정하지 마시라고 했다. 개한테 존댓말을 했다는 뜻이다. 그래도 어색하지 않았다. 왈츠는 고개를 쳐들고 메아리가 울리는 목소리로 소리쳤다. 기분이 묘했다.

차 안에서 강아지들이 수채의 품으로 파고들었다. 불안한

숨소리가 가슴을 간질일 때마다 더 꼭 안아 줬다. 자기보다 작은 것들을, 그렇게 꼭 안아 보는 건 처음이었다.

소두랑 시언은 강아지 이름 짓는 선택권을 먼저 수채에게 주었다. 수채는 수많은 강아지 이름을 인터넷에서 검색했다. 그때마다 두 사람은 번갈아 가며 일주일간이나 수채를 힘들게 하였다.

"그건 너무 흔해."

"그건 우리 강아지랑 안 어울려. 우리 강아지는 토종개인데, 영어 이름은 좀 그렇잖아?"

"그 이름은 작은 강아지들에게 어울릴 것 같아. 우리 강아지는 아주 크게 자란다고!"

"그 이름이 좋긴 한데, 딱 입에 붙질 않네! 더 고민해 봐."

"뭔가 특별한 이름이었으면 좋겠어."

나중에는 수채도 짜증이 났다.

"몰라. 한 놈은 느리고 무덤덤하니까 덤덤이, 한 놈은 눈치가 빠르니까 눈치라고 할 거야!"

뜻밖에도 소두와 시언은 아무렇게나 막 던진 이름이 좋다고 박수 쳤다.

강아지들은 사고뭉치였다. 소파와 책꽂이를 물어뜯고, 텔레비전 전선을 씹어서 하마터면 감전사할 뻔했다. 게다가 날이 갈수록 짖어 대는 울림이 커졌다.

어느 날 친하게 지내던 위층 아주머니가 수채네 집으로 들이닥쳤다.

"지금 여러 사람이 이 집 강아지에 대한 말을 하고 있으니까, 성대 수술을 하든지 아니면 어디로 보내든지 하세요."

시언과 소두는 대책 없이 강아지를 입양한 것을 자책했다. 소리의 경계가 헐거운 아파트에서 대형견을 두 마리나 키우는 건 쉽지 않은 일이다. 두 사람은 일단 한 마리를 누군가에게 분양하자고 의견을 모았다.

설을 며칠 앞두고 시언의 후배가 강아지 한 마리를 데려갔다. 그는 주택에서 살고 있으며 아들이 강아지를 원했다. 그가 '눈치'를 선택하자 수채는 다행이라고 생각했다. 아마도 눈치가 사람이라면 매사에 빠르고 똑 부러져서 걱정하지 않아도 될 것이다. 그에 비해 덤덤이는 느리고 걸핏하면 허둥대는 꼴이, 꼭 자신을 보는 기분이었다. 그러니 은연중에 덤덤이한테 더 정이 갈 수밖에 없었다.

그로부터 며칠 뒤였다. 시언은 수채에게 용인으로 이사 가게 되었다고 말했다. 새로 생긴 도서관에서 일하게 되었다고 하면서.

"겸사겸사 잘된 거지. 주택으로 이사할 거니까, 덤덤이도 눈치 보지 않고 키울 수 있어."

덤덤이를 생각하면 좋은 일이다. 그래도 수채는 이런 상황을 쉽게 받아들일 수 없었다.

수채는 이 집에서 14년간을 살았다. 당연히 인간관계의 모든 알고리즘이 이곳에 얽혀 있다. 잘 아는 친구들이랑 같은 중학교에 배정받아서, 새로운 세상에 대한 두려움도 어느 정도 달래 놓은 상태다. 수채는 친구를 쉽게 사귀는 스타일도 아니다. 그러니 혼란스럽고 멍해졌다. 지금까지 살아온 익숙한 시간을 다 버려야 한다고 생각할 때마다 불안해졌다.

수채는 쉽게 잠들지 못했다. 책상 밑에 있던 덤덤이가 자꾸 칭얼거렸다. 그 강아지가 엄마 품을 떠나올 때 얼마나 불안했을까. 수채로서는 상상도 못 할 일이다. 엄마하고 헤어진다면 어떻게 살까. 아, 머릿속이 까매진다.

수채는 가만히 덤덤이를 안아 주었다. 그래, 아파트에서는 덤덤이를 키울 수가 없잖아? 수채는 덤덤이를 토닥이면서 마음의 준비를 해야겠다고 입술을 깨물었다.

아주 특별한 거인, 미주의 비밀

이사한 집은 나무로 지어진 2층 구조였다. 수채는 아침에 눈을 뜨자마자 약간 들떴다. 태양이 산 너머로 얼굴을 내밀었다. 산 너머 깊은 곳, 아무도 갈 수 없는 영원한 땅속에서 태양이 태어난다는 상상을 하였다. 태양은 가장 먼저 수채의 방 창문 가득 붉은빛을 뿌려 주었다.

이삿짐 정리가 제대로 되기 전에, 식구들은 마당에서 덤덤이 집을 짓기 시작했다.

먼저 집터를 골라 배수로를 팠다. 그다음 주춧돌을 심고 기둥을 세우고, 처마를 연결하고 상량식을 했다. 상량식을 하기 위해서 시언이 마룻대를 깎았다. 수채가 그 마룻대에다 글씨를 썼다. 글 초안은 시언이 써 주었다.

성스럽게 하늘이 맑은 20**년 양력 2월 27일, 강시언, 김소두, 강수채는, 모든 정성을 모아 덤덤이의 집을 짓다.

마룻대를 양쪽 기둥에다 걸쳤다. 그게 상량식이다. 서까래를 올리고, 이엉을 덮자 근사한 초가집이 되었다. 이 세상에 하나뿐인 특별한 개집이었다.

마을에서 차를 타고 30분 정도 가면 신도시가 나온다. 수채가 다니는 중학교는 신도시와 마을 중간쯤에 있었다. 입학식을 마치고 들어선 교실에는 숱한 페로몬 비린내로 가득 차서 묘한 긴장감이 돌았다. 초등학교 생활을 이곳에서 보낸 토박이들은 그런 긴장감으로부터 자유로웠고, 외지에서 온 아이들은 퍼즐을 맞추듯이 끼리끼리 무리를 지어 가면서 애써 긴장을 털어 내려고 하였다. 일주일이 지나도록 어느 무리에도 붙지 못하고 떠돌아다니는 구름은 수채와 미주뿐이었다.

아이들이 수군거리는 말을 종합해 보면 미주의 키는 180cm가 넘었고, 몸무게도 100kg이 훌쩍 넘었다. 그런 체구에 비해 얼굴은 아주 작아서, 어느 각도에서든 사진을 찍어도 잘 나올 만큼 예뻤다. 성형으로도 그런 완벽한 각도는 깎을 수 없다. 기형적이면서도 완벽한 조합이다. 목소리는 또 어찌나 가늘던지, 다른 아이의 입에서 나오는 것만 같다. 그런 낯섦 때문인지 아니면 위압감 때문인지 아무도 미주한테 말을 걸지 않았다.

미주야 그렇다 쳐도 수채는 경우가 달랐다. 사실 입학식 날만 해도 수채는 새로운 세상에 대한 기대로 설렜고, 누구든 먼저 인사를 하면서 다가가려고 했다. 그런데 교실 분위기는 달랐다. 수채가 누군가랑 눈을 마주치면서 말을 걸어 보려고 했을 때는, 이미 아이들은 무리를 지었고, 견고하게 자기들만의 경계를 표시했다. 그때부터 수채는 웅크린 채 다른 아이들의 눈치를 보게 되었다.

입학하고 이주일이 지났다. 수채는 급식실에서 혼자 식판을 들고 두리번거렸다. 앉을 자리가 없다. 수채의 당황한 눈길이 미주의 옆자리에 간신히 닿았다. 그곳만 자리가 비어 있다. 수채가 앉아도 되냐고 물었다. 미주는 뭘 그런 걸 묻냐는 투로 고개를 끄덕이고는 밥을 먹었다. 거침없는 식사였다. 반찬 씹는 소리가 경쾌했다. 그에 비해서 수채는 소심하게 반찬을 씹었다. 미주는 수채의 식판이 비워지도록 기다렸다가 일어났다. 너도 내가 외계인 같냐고 낮게 물으면서. 이상하게도 그 물음이 미주에 대한 경계를 완전히 허물게 하였다.

수채는 솔직하게 말했다.

"응, 네 눈에서는 레이저빔이 나올 것 같아!"

미주는 수채를 보고, 너 제법 재치 있어, 그런 눈빛으로 크게 웃어 댔다. 웃음소리가 복도를 오가던 아이들 눈빛을 끌어당겼다. 미주는 그런 식으로 자기에게 친구가 생겼음을 공개적으로 선포했다.

수채는 아이들 눈빛이 부담스러웠다. 미주는 1학년 중에서 가장 강력한 존재고, 그러니 수채도 모두의 입에 오르내릴 수밖에 없었다. 수채는 자기 존재가 과하게 드러날 때마다 어떤 결핍을 느꼈다. 그래도 미주랑 웃고 떠드는 순간에는 그런 결핍으로부터 자유로웠다.

부슬부슬 비가 내린다. 수채는 덤덤이한테 비 맞지 말고 집에 들어가라고 속삭였다. 아직도 덤덤이는 식구들이 지어 준 집에 들어가지 않았다. 수채가 덤덤이를 집으로 밀어 넣으려고 하자, 그 앞에 어른 주먹만 한 두꺼비가 떡 앉아 있다.

"어험, 덤덤이가 이 집을 싫어하니까 내가 들어가서 살게. 그래도 되지?"

두꺼비가 수채를 보고는, 눈을 끔벅끔벅하면서 집 안으로 들어갔다.

"안 돼! 거긴 내 집이야!"

그걸 본 덤덤이가 당황하면서 짖어 댔다. 덤덤이는 두꺼비를 발로 굴려 집 밖으로 밀어냈다. 두꺼비는 고집스럽게 다시 들어왔다. 덤덤이가 밀어내면 또다시 들어왔다. 그렇게 수십 번을 실랑이하다가 안 되겠다고 판단한 덤덤이가 아예 문 앞을 막아섰다.

"그럼, 어쩔 수 없지."

그제야 두꺼비는 엉금엉금 사라졌다. 수채는 하마터면 그 두꺼비한테 물을 뻔했다.

"야, 너 미주지? 그치?"

커다란 두꺼비가 꼭 미주 같았다. 부랴부랴 미주한테 전화를 걸어 그 이야기를 했다. 미주는 크게 소리쳤다.

"와아, 난 큰 개가 좋아! 덤덤이를 꼭 보고 싶어!"

수채네 집 뒤편 언덕에는 꼬불꼬불한 길이 살고 있다.

가만히 앉아야만 보이는 작은 풀꽃도 그 길에서 태어난다.

바람도 그 길에서 살고 있다.

덤덤이는 근처에서 가장 큰 참나무 밑으로 뛰어갔다. 그 나무를 경계로 숲은 서늘해진다. 수채를 끌고 숲속으로 들어가는 길은, 아침마다 새롭게 태어나는 태양이 사는 어떤 아득한 곳으로 들어가는 것만 같더니 갑자기 확 트인 골짜기가 드러난다.

길은 골짜기 가장 깊은 곳에 안겨 있는 슬레이트집으로 이어진다.

슬쩍 마당을 기웃거리던 수채는 문이 떨어져 나간 빈방의 서늘함에 오싹 온몸을 떨었다.

골짜기는 온갖 색의 번짐으로 몽롱했다. 연초록색을 비롯하여, 나무의 갈색이 물러지고, 하늘과 바람과 땅과 시간조차 한꺼번에 번진다. 어디가 땅이고 숲이고 하늘인지 아무런 의미가 없다. 수채도 짓물러졌다.

수채는 슬레이트집 뒤쪽에 우거진 나뭇가지를 헤집었다.

망울망울 옹알이하는 햇순들 사이로 연분홍빛이 흔들린다. 온갖 색이 번지면서 그 경계를 흐리지만, 그럴수록 그 분홍빛은 더 선명해진다.

"와, 진달래다!"

바위 위에 십여 개의 진달래 꽃다발이 놓여 있다. 바위가 억겁의 세월을 살아온 것은 저 어린 진달래들 때문이리라. 태초의 진달래들은 저렇게 바위에서 탯줄을 끊고 세상으로 걸어 나갔을 것이다. 워낙 촘촘한 잔가지들 때문에 핸드폰으로도 그 꽃을 찍을 수 없었다. 그 바위에서 사는 꽃들은 인간의 문명을 허락하지 않는 절대적인 힘을 갖고 있다.

수채는 덤덤이를 꼭 안고 있다가 누군가의 노랫소리를 들었다. 슬레이트집 건너편에 있는 까만 하우스 집이 눈에 들어온다. 그곳에서 누군가 중얼거린다. 청바지에 까만색 얇은 점퍼를 입은 아이가 마당에서 놀고 있다. 머리가 길어서 여자인지 남자인지 살짝 혼란스럽다. 수채랑 마주친 그 아이는 하우스 집 뒤로 돌아간다.

수채는 골짜기에 숨겨진 진달래 바위에 푹 빠져 버렸다. 바위에 진달래가 살 수 있다는 것도 처음 알았다. 그 진달래 바위만 보면 모든 잡념이 사라지면서 머리가 맑아졌다. 그 바위 위에 한 번 올라가 보고 싶었다.

수채네 왼쪽 집에는 덤덤이보다 한 살 많은 시베리아허스키 로또가 살고 있다. 보동보동 살이 올라 실제보다 더 커 보이는 로또는 종종 덤덤이 집에다 오줌을 갈겼다. 그걸 본 덤덤이는 화를 내면서 뛰쳐나왔다. 로또는 깜짝 놀라면서 중심이 무너졌고 허겁지겁 달아났다. 로또는 겁이 많고 순하다.

수채네 오른쪽 집에는 보더콜리 두 마리가 산다. 덤덤이는 암캐인 사과한테 꼬리를 내리고 자신을 최대한 낮추면서 상대를 선배로 대했다. 사과는 처음부터 덤덤이를 동생으로 대했다. 같은 여자고, 나이 차이가 나기 때문에 그런 것 같다.

수캐인 수박도 덤덤이한테 자상한 편이다. 그래서일까. 덤덤이는 수박이 집에 와도 화내지 않았다. 가끔은 덤덤이를 데리고 숲에 가기도 했다. 수박은 살가운 이웃집 오빠 노릇을 하였다.

수채네 집으로 오는 주택가 골목길 입구에는 진돗개 백구 스타가 산다. 스타는 마을 개들의 대장이다. 정확한 나이를 알 수는 없으나 로또나 수박보다 훨씬 많은 건 확실하다. 스타는 밤이 되면 수채네 마당가를 은밀하게 맴돌았다.

수채가 집에 오자마자 덤덤이가 뱀을 보고 짖어 댔다. 수채는 얼마나 가슴이 벌렁벌렁 무서웠는지 소리도 지를 수 없었다. 그때 스타가 나타났다. 스타는 걱정하지 말라고 꼬리를 흔들고, 천천히 뱀을 향해서 걸어간다. 그들은 서로를 노려보면서 대치했다.

초반은 뱀의 우세였다. 뱀은 긴 몸을 이용하여 팔이 긴 권투선수처럼 빠르게 잽을 날린다. 스타는 계속 넘어지고 굴렀다. 스타는 뱀의 상대가 되지 않았다. 그래도 달아나지 않고 빙글빙글 돌면서 기회를 노리다가, 어느 순간 상대의 머리를 앞발로 내리쳤다. 잽보다 훨씬 강력했다. 뱀이 당황했다. 순간 스타가 달려들어 뱀의 목을 물어 팽개쳤다. 기세가 꺾인 뱀은 땅에다 고개를 처박고 죽은 체했다. 스타는 그런 뱀의 교란작전을 비웃으면서 다시 몸통을 물더니 자기 분이 풀릴 때까지 흔들어 대다가 멀리 던져 버렸다.

수채는 새삼 스타가 얼마나 대단한 녀석인지 알았다.

스타는 암컷이나 약한 강아지들에게는 한없이 자상하다. 수캐라고 해서 무조건 상대를 위협하지 않는다. 상대가 꼬리를 치거나 드러누우면 공격하지 않는다. 스타는 싸우지 않고도 상대의 기를 꺾을 수 있는 강력한 카리스마를 갖고 있었다.

수캐들은 반항하고 싶다가도 막상 그 눈빛을 보는 순간 저도 모르게 심장이 얼어붙었다. 스타는 어떤 경우라도 급하게 뛰는 법이 없었다. 마을 사람하고 마주치면 잠시 눈을 마주치고는 슬그머니 돌아서는데, 그런 뒷모습에는 자기 삶에 대한 자신감이 고집스럽게 묻어난다.

수채는 스타를 존경하고 싶었다. 도대체 어떻게 살아야 그런 자신감이 우러날 수 있을까. 단순히 힘이 세다고 해서 그런 것 같지는 않다. 그렇다면 뭘까. 배울 수만 있다면, 배우고 싶다.

아이들 사이에서 고물 플래닛이라고 불리는 마을버스가 느리게 움직인다. 오늘따라 안개가 깊다. 고물 플래닛이 멈췄다. 버스정류장을 알리는 안내방송도 한 박자 느렸다. 수채네 마을에서 제법 떨어진 곳이다. 버스 문이 열렸다.

"늦었으니까, 어서 올라타세요!"

운전사 할아버지의 말을 듣고도 그 아이는 거의 늘보 수준으로 움직인다. 핸드폰 게임을 하고 있었다. 아이가 오르자 버스가 출발했다. 그와 동시에 그가 휘청하더니, 짜증으로 버무려진 말을 거침없이 뱉어 냈다. 그는 맨 뒷자리로 몸을 던졌다.

"에이, 씨이…… 이렇게 급출발하면 어떡해요! 이러다 해골 깨지면 책임질 거예요?"

할아버지는 뭔가 한마디 하려다가 꾹 참는다. 야위고 늙은 눈은, 그렇게 한생을 참고 살아온 것에 익숙해 보였다. 그러니까 보통 어른들이라면 인내할 수 없는 불손한 언어의 출현에도 무시하면서 그저 허탈하게 웃음을 씹고 있다.

어디서 봤을까. 분명 낯이 익다. 수채는 고물 플래닛에서 내리고 나서야 그 아이를 기억해 냈다. 맞다. 슬레이트집 반대편에 있는 까만 하우스 집 마당에서 보았다. 만약 그 아이가 그곳에 산다면 수채랑 같은 정류장을 이용해야 한다. 수채는 아직까지 고물 플래닛 정류장에서 그 아이를 만난 적이 없다. 그렇다면 거기 사는 게 아니라는 뜻이다.

수채는 교실에서 미주를 보자마자 그 아이 이야기를 끄집어냈다. 미주는 그가 다른 반이기는 해도 수채가 모르고 있을 줄은 상상도 못 했다고 눈을 깜박였다. 이름은 안민수! 아이들과 선생님들이 가장 경계하는 역대급 양아치다. 그는 욕쟁이 포켓몬과 다름없고, 진화할 때마다 상상할 수 없는 새로운 욕설을 장착한다. 그런 욕설을 들으면 귀와 뼈가 녹아내리는 공포증에 시달리면서 다리가 풀린다. 그는 주먹 한 번 휘두르지 않고도 이미 1학년 남자들을 평정해 버렸다. 심지어 2학년이나 3학년도 그를 보면 피하는 형국이라고 미주가 말했다.

미주는 덤덤이 이야기를 들을 때마다 보고 싶다고 하더니, 하루 전날 갑자기 수채네 집에 가겠다고 통보했다. 수채의 말을 들은 소두는 황당했다. 하필이면 소두가 저녁 늦게 들어오는 날이었다. 소두는 다른 날로 일정을 바꾸라고 했다. 수채가 그 뜻을 전하자, 미주는 그런 상황을 이미 다 예측했다는 듯이 말했다.

"어머니한테 걱정하지 마시라고 해. 배고프면 우리가 해 먹으면 되니까. 내가 다 해 줄게, 나 웬만한 건 다 해. 재료만 있으면 떡볶이, 스파게티, 부대찌개 정도는 할 수 있거든."

소두는 미주가 학부모들 사이에서는 평판이 좋지 않다는 사실을 강조한 다음, 학교에서도 늘 붙어 다니면서 왜 집에 오고 싶어 하냐고 불만 섞인 물음표를 던졌다.

"이미 말했잖아! 덤덤이 보고 싶어서 그런다고!"

수채의 목소리에는 짜증이 배어 있었다.

미주는 학교에서 그 어떤 짓도 하지 않았다. 누군가를 위협한 적도 없고, 누군가의 뒷담화를 한 적도 없다. 그런데 학부모들이 미주에 대한 나쁜 소문을 퍼트리고 있었다.

수채는 소두를 똑바로 보면서, 미주는 착한 아이라고 입에다 힘을 주었다. 소두는 알았다고 하면서 갈 때는 바래다줄 테니까, 걱정 말고 미주랑 재미있게 놀고 있으라고 하였다. 수채는 일찍 오지 않아도 된다는 말을 일부러 강조했다.

"미주, 우리 집에서 자고 갈 거야!"

그것까지는 예측하지 못한 소두가 까만 뿔테 안경만 만지작거렸다.

마당으로 성큼성큼 걸어온 미주는 덤덤이를 부르면서 두 팔
을 벌렸다. 덤덤이는 이 거인을 보는 순간 이상하게도 몸이 굳
어 버렸다. 무섭고 두렵다기보다 묘하게도 개의 본능이 압도
당하는 기운을 느꼈다.

미주는 망설임 없이 덤덤이를 안았다. 덤덤이는 그 품에서
바둥거린다. 그럴수록 미주의 품은 강하게 조여진다. 섬뜩한
올무의 조여짐이 아니라 뭔가 기억 속에 남아 있는 듯한 편안
함이 느껴지는 조임이었다.

"이야, 좋다. 내가 생각한 것보다 훨씬 좋아. 저 산과 계곡과
맑은 바람과 하늘까지 다 네 것이구나! 부럽다. 누군가를 보
고 부러워하는 건 진짜 처음이야."

한참을 재잘거리던 미주가 덤덤이를 내려놓았다.

"덤덤아, 가자! 그 진달래 바위를 찾으러 가자!"

어떻게 알았는지 덤덤이가 앞장섰다.

"개들은 왜 뛰어다닐 때 행복한가 했더니, 흙의 질감을 느끼
기 때문이구나!"

미주는 그렇게 말하면서, 오래전 인간이 잃어버린 그 부드
럽고 순한 흙의 질감을 느끼고 싶다고 하였다. 구불구불한 길
에 들어선 미주는 어느새 바람이 되었다. 몸이 커서 그런지 한

번 탄력이 붙자, 굴러갈수록 하염없이 커지는 눈덩이를 보는 기분이었다. 미주는 골짜기 깊은 곳에 있는 슬레이트집 앞에서 잠깐 걸음을 멈추더니 혼자 중얼거린다.

"시간이 먼저 집을 뜯어먹는구나!"

미주는 수채가 손가락질한 숲을 기웃거린다. 색 번짐이 사라져 버린 숲은 완고한 초록바다로 변해 버렸다. 꽃마저 아득한 곳으로 시들어 버렸으니, 진달래 바위를 찾는 일은 불가능했다. 미주는 그 바위의 존재를 믿었고, 내년 봄에는 꼭 와서 찾겠다고 다짐했다.

"와아, 좋다!"

미주는 골짜기가 한눈에 내려다보이는 곳에 앉아서, 좋다는 말을 계속 되풀이했다. 도시에서는 느끼지 못하는데, 왜 이런 숲에 오면 늘 처음인 것 같고, 무엇인가 생명의 시작 같은 근원에 대해서 한 번쯤 생각해 보게 되는 걸까.

대체 숲이란 어떤 힘을 갖고 있을까. 왜 이런 낯섦이 불편하지 않고 편안할까. 도시에서, 학교에서 느끼는 낯섦은 늘 까끌거리고 몹시 불편해서, 그것으로부터 영영 가까워질 수 없었다고, 미주는 깊은숨을 내뱉었다. 그 마지막 중얼거림은 수채도 공감하는 것이어서, 미주보다 더 깊은숨을 내뱉고야 말았다.

저녁밥을 먹고 나서 방으로 온 수채는 침대를 미주에게 양보했다. 미주는 그 말을 못 들은 체하고 바닥에 발라당 누웠다. 창문으로 달빛이 흘러들자 입을 벌렸다. 미주는 이렇게 달빛이 흘러드는 방에서 살고 싶었다고 했다.

한동안 둘은 말이 없었다. 둘이 동시에 침묵을 만들어 내는 것은, 소리 대신 다른 감각으로 서로의 내면을 느끼고 싶은 열망이다. 그만큼 서로에 대한 믿음이 더 끈적거린다는 뜻이다.

미주가 불쑥 수채를 불렀다. 수채는 대답 대신 몸을 일으켰다. 미주도 몸을 일으켜 웅크리고는 무릎 위에다 턱을 얹었다.

"수채야, 넌 그때 그 사건 이후 내가 처음으로 선택한 친구야."

수채는 '그때 그 사건'이라는 말을 듣는 순간 다시 미주를 보았다. 숲 위에 앉아 있던 달님이 부드럽게 팔을 뻗어 미주의 어깨를 감쌌고, 그녀는 내면에서 우러나는 떨림을 달래려고 일정한 리듬으로 몸을 흔든다. 수채는 침을 꼴깍 삼킨다.

"난 초등학교 때 육상을 했어. 첨엔 달리기, 그러다가 5학년 때부터 배구로 바꿨어. 내가 워낙 키가 컸기 때문인지 몰라도 나름 잘했어. 근데⋯⋯."

수채는 전혀 무슨 상황인지 예측할 수 없었다.

"근데 전 배구선수 A씨가 보내온 딥페이크 영상을 본 순간부터⋯⋯."

수채는 소름이 돋았다. 딥페이크 영상이라니? 그때부터 머릿속이 멍해지면서 눈앞에 있는 미주가 어떤 멀고 먼 세상에서 살다가 온 아이 같았다.

"언제부턴지 코치 선생님 후배 A씨가 한 달에 몇 번씩 와서 배구를 가르쳐 주었는데, 제법 유명한 사람이야. 프로에서도 뛰었고, 그래서 이름만 대면 다 알지. 그런 사람이 유소년 배구에 관심을 갖고 재능 기부 형식으로 와서 가르쳐 주었던 거야. 매주 한 번씩 왔으니까 학부모님들도 좋아했지. 그 사람은 내 신체 조건이 좋다고 하면서, 많이 챙겨 줬어. 나도 그 사람을 잘 따랐어. 근데 자꾸 뭘 사 주겠다고 하면서 불러냈고, 내 앞에서 사모님에 대한 좋지 않은 말도 하고, 노래방도 같이 가자고 하고……. 그래서 엄청 힘들었거든. 심지어 어떤 날은 고깃집에서 술 먹으면서 날 불러내기도 했어. 그러더니 날 좋아한다고……. 내가 싫다고, 말도 안 되고, 무섭다는 말까지 했어. 그러자 더 집요하게 연락하고……. 그러더니 딥페이크 영상을, 발가벗은 여자의 몸에 내 얼굴이 붙은 그런 영상을 보내고는, 안 만나 주면 다 퍼트리겠다고 하는 거야. 얼마나 무서웠는지 몰라. 그때부터 많은 딥페이크 영상을 보내왔는데……."

고민 끝에 미주는 아버지에게 그 사실을 알렸다. 더 이상 그 사람은 딥페이크 영상을 보내오지 않았다. 당연히 학교에 나타나지도 않았다.

"예상보다 잘 정리가 된 것 같아서 안도했지만, 계속 운동할

수는 없었어. 난 잘못한 게 없는데, 운동부 애들도 날 이상하게 쳐다보고, 은근히 따돌리고, 이상한 소문도 나고……."

수채는 무의식중에 일어나서 침대 아래로 내려갔다. 미주를 안았다. 엄두도 낼 수 없을 만큼 거대한 미주라는 행성이 수채의 품에 들어왔다. 푸들푸들 미주의 어깨가 떨린다. 수채가 그 어깨를 토닥여 준다. 수채는 그녀의 거대한 몸이 한 소녀의 반항적인 아름다움의 결정체라고 중얼거렸다.

"수채야, 이거 비밀인 거 알지? 죽을 때까지, 비밀 지켜 줘야 해."

수채는 미주의 손을 꼭 잡았다. 죽을 때까지 비밀을 지켜 주겠다고 손에다 힘을 주었다.

수채는 덤덤이에게 미주의 비밀을 말했다. 개는 절대 다른 사람에게 말하지 않으니까, 오히려 그 비밀에 대한 약속이 더 단단해지는 셈이다. 수채는 덤덤이 눈빛만 봐도 무슨 생각을 하는지 알 수 있었다.

화가 났을 때는 송곳니가 다 드러나도록 입을 벌리면서 으르렁거리고, 흥이 오르면 꼬리를 엉덩이에 딱 붙이고 경중경중 춤을 추고, 슬플 때는 가만히 눈물을 흘린다.

수채도 가끔 그렇게 짖어 대고, 개들의 몸에다 얼굴을 비벼 댔다. 가끔은 꼬리를 흔들고 싶어서 몇 번이나 엉덩이를 손으로 만져 보기도 했다. 개들은 입이나 눈만큼이나 꼬리로 말할 때가 많았으니까.

수채는 휘파람을 불었다. 놀랍게도 개들이 꼬리를 흔들면서 알은체했다. 그제야 휘파람이 개들하고 소통이 가능한 오래된 언어라는 것을 알았다. 휘파람이란 지금처럼 복잡해진 인간의 언어 이전의 공용어였을 것이다. 모든 동물, 모든 종이 다 소통 가능한 그런 언어.

휘파람은 세상 모든 것들하고 소통하는 신성이 있다. 휘파람과 말의 차이는 해독성이다. 말은 배우지 않으면 알 수 없다. 휘파람은 그냥 듣기만 해도 알 수 있다. 그러니까 휘파람은 인간과 다른 동물의 경계를 초월하는 가장 오래된 노래일 수도 있다.

"헤헤헤, 이건 휘파람에 대한 내 생각이야. 멀리 있는 개를 부를 때는, 입에다 힘을 주고 길게 휘이익, 휘이익! 하고 불어. 기분이 좋을 때는 빠른 걸음처럼 경쾌하게 휘파람을 불고, 뭔가 급한 일이 생기면 짧게 연달아서 소리를 내지. 휘파람은 개하고 마주 보지 않아도 내 말을 전달할 수 있다는 장점이 있어. 난 휘파람을 불면서 개들하고 훨씬 더 가까워졌어."

미주는 너무 부러워했다. 자신은 아무리 입술을 모으고 불어 봐도 휘파람이 나오지 않는다고 하면서.

역대급 양아치, 민수의 고백

수채네 집 왼쪽에는 시베리아허스키 로또가 산다. 바로 그 집 건너편에 타르트라는 개가 산다. 시츄인 타르트는 안타깝게도 얼마 전에 외눈박이가 됐다. 사상충이 눈으로 침투해서 왼쪽 눈을 실명했다. 무슨 이유인지 몰라도 타르트는 개들 사이에서 왕따를 당하고 있었다. 오직 덤덤이만이 그 개를 멀리하지 않았다.

타르트는 날마다 온갖 비닐을 물고 와서 덤덤이 집 앞에다 늘어놓았다.

소두는 비닐을 치우면서 당장 울타리를 쳐야 한다고 소리쳤다. 결국 시언이 철제 울타리 견적까지 뽑아 왔다. 수채는 속상해서 타르트한테 따지듯 말했다.

"야, 타르트! 너 때문에 울타리가 생길 것 같아. 이제 어쩔 거야?"

타르트는 시무룩해지면서 꼬리를 숙이고 마당을 벗어났다.

울타리가 생기면 덤덤이가 싫어하는 개들이 올 수 없으니까 편할지 몰라도 좋아하는 친구도 만날 수 없게 된다. 그렇다면 행복하지 않을 것이다.

수채는 부모님에게 울타리 계획을 철회하자고 부탁했다. 부모님은 비닐 쓰레기를 수채가 책임지고 치운다는 조건으로, 그 계획을 유보했다.

시험이란 학생의 존재 조건이다. 시험을 통해 학생 계급이 매겨진다. 학생들 행성은 계급사회다. 계급 없는 학생이란 존재할 수 없다. 그래서 시험으로부터 이탈할 수 없는 거라고 미주가 다소 길게 말했다.

중학생이 된 뒤 처음으로 겪은 중간고사 결과는 참혹했다.

수채는 미주를 따라서 학교 앞 단골 칼국수 집으로 갔다. 값도 싸고 양이 푸짐해서 학생들의 생리적 충동을 잘 겨냥한 식당이다. 미주가 오늘은 자기가 사겠다고 하면서 계산했고, 식당 옆 편의점에서 아이스크림으로 포만감의 정점을 찍었다.

미주는 편의점 의자에서 잠시 눈을 감았다.

"수채야, 난 오는 사람 안 막고, 가는 사람 안 잡는 거 알지?"

그 갑작스러운 말뜻을 수채는 해독할 수 없었다.

미주가 개처럼 히히히 웃었다.

"비록 지금은 내 친구가 너 하나뿐이지만, 초딩 때는 진짜 주렁주렁 매달고 다녔다. 난 누구나 같이 지내자고 하면 무조건 오케이야. 내가 싫으면 언제든 가도, 뭐 괜찮아. 난 그래."

수채는 미주의 시원한 눈빛에, 그 긍정의 빛에 감염되고 싶었다.

미주는 불쑥 수채네 집에서 밤을 지새우던 날을 떠올렸다.

"두고두고 잊지 못할 시간이었어. 마치 하느님이 세상 모든 달빛을 수채 방으로 흘려보내는 것 같았어. 근데 내가 왜 그날 아니면 안 된다고 우겨 댔는지 이상했지?"

미주는 수채가 대답할 틈도 없이 핸드폰을 열어 사진을 보여 주었다. 수채 또래의 여자아이가 눈에 들어온다. 짙은 눈썹에 동그란 이마가 돋보이는 아이다.

"머리가 짧아서 그렇지 진짜 예뻐. 바로 우리 언니야."

둘 사이에서 어떤 유전적인 공통점을 찾아낼 수 없었다. 수채는 피식 웃어 버렸다. 뻥치지 말라는 뜻이다. 미주도 애써 사진 속 여자와 자신과의 관계를 강조하지 않는다.

"바로 그날이 부산에서 언니가 오는 날이었어. 난 아빠랑 살고, 언니는 엄마랑 살거든. 우리 언닌 벌써 한 오십쯤 먹은 어른 같아. 만나기만 하면 잔소리, 잔소리, 잔소리! 언니는 삶의 목표가 확고해. 어른이 되어 잘 살자! 언닌, 육사나 간호사관 학교 갈 거야. 그보다 성적이 못하면 일반 간호대학, 그보다 못하면 일찌감치 미용기술 배운대. 근데 난 육상 포기한 뒤로 아무것도……. 그냥 살고 싶어. 그러다 보면 뭔가 하고 싶은 게 생길 수도 있잖아? 우린 고작 중1인데…… 암튼, 그래서 그날 너희 집으로 도망친 거야. 언니 만나고 나면 돌아 버릴 거 같아서. 운동 시작한 것도 언니 때문이야. 하도 언니가 권해서. 내가 운동 포기했을 때도, 언니는 독해져야 한다고, 얼마나 달래고, 윽박지르고 그랬는지 몰라."

수채는 미주가 겪어 온 시공간이 너무 어마어마해서 혼란스러웠다. 머리로는 이해가 되어도, 몸이 그런 상황을 받아들이려면 절대적인 시간이 필요한 법이다.

미주의 목소리는 더 고요해진다.

"언닌, 무지 힘들게 살아. 엄마가 아프시거든. 내가 너희 집으로 도망친 날 언니는 아빠랑 한판 붙고 내려갔대. 다신 안 온대. 아빠가 돌아가셔도 장례식 안 올 거래. 언닌 그럴 거야!"

일주일 전부터 집 주위에서 들개들이 보이기 시작했다. 마을 어른들 말에 따르면 지난겨울부터 있었다고 하니까, 그동안 수채의 눈에 띄지 않았을 뿐이다. 그중에는 치와와나 푸들처럼 작은 개들도 보인다. 들개 아지트는 골짜기에 있는 슬레이트집이다. 한 번은 돌담에 숨어서 개들이 뛰어노는 걸 보았다. 그 흥겨움에 푹 빠져서, 누가 바로 뒤까지 오도록 몰랐다.

"야, 너 귀먹었냐?"

그 소릴 듣고서야 수채는 놀라 뒤돌아보았다. 순간 온몸이 굳어 버렸다. 민수였다.

"내가 장씨 아저씨 하우스 집 마당에서 놀고 있을 때, 네가 날 훔쳐봤다는 것도 다 알아."

수채는 일부러 그런 게 아니라고 간신히 해명했다.

민수는 피식 웃더니, 뜬금없이 저 들개들을 다 안다고 하였다. 들개들이 자기 친구라고도 했다. 마루 밑에 앉아 있는 브리아드가 대장이고, 그 옆에 있는 진돗개가 행동대장, 그 왼쪽에 있는 놈은 눈이 밝고 코가 예민한 비서실장인 아키타, 그 앞에 있는 골든리트리버가 대장의 아내라고 막힘없이 지껄였다. 민수는 개를 보지 않고도 정확하게 한 마리 한 마리 지목했다.

수채는 마법이라도 걸린 듯 민수가 지목하는 개들을 쳐다보았다. 그렇다고 맞장구를 치진 않았다. 이미 저질 양아치라고 소문난 놈이랑 같이 있다는 사실만으로도 거의 질식 상태였으니까. 수채가 가겠다고 하자, 민수가 불쑥 쳐다보면서 소리쳤다.

"야, 너 나랑 사귈래?"

수채는 토할 뻔했다. 입에다 힘을 꾹 주고 돌아섰다.

민수가 다시금 소리쳤다.

"야, 내 말 안 들려? 너 나랑 사귀자!"

오싹 소름이 돋았다. 수채는 침착하자고 중얼거리면서 걸었다.

민수의 욕설이 온몸에 박히기 시작했다. 생전 들어 본 적도 없는, 해독조차 불가능한 험한 욕설을 퍼부은 민수는 발로 힘껏 돌멩이를 걷어찼다. 그 돌멩이가 수채 앞까지 굴러온다.

"지랄, 누가 이뻐서 사귀자고 한 줄 알아! 그냥 심심해서 해본 소리였는데, 날 화나게 해. 어디 두고 봐라. 후회하게 해 줄 테니까. 내 앞에서 개처럼 기어, 발바닥을 핥게 할 테니까!"

수채의 몸은 이미 후줄근했다. 그만큼 긴장하고 있었다.

설마 했는데, 그날 이후로 민수의 심술이 시작되었다. 민수는 직접 나서지 않았다. 그 주위에는 행동파들이 득시글거렸다. 그들이 수채의 화장품 파우치나 이어폰을 낚아채서 같은 패거리끼리 주고받다가 팽개치는 일은 애교스러웠다. 고물 플래닛 안에서 일부러 1학년 여학생 중에서 가장 못생긴 애가 누구냐고 하면서, 큰소리로 수채를 거론하는 것도 웃어넘길 수 있었다. 수채의 등에다 털 달린 애벌레를 붙여 놓았을 때도, 초딩 수준이라고 무시할 수 있었다. 복도에서 수채의 발을 걸려고 할 때도 마찬가지였다.

어느 날 민수 패거리 중 하나가 수채의 머리를 헝클어트리고 달아났다. 그건 심각한 폭력이었다. 수채가 소리를 지르자 우르르 여자아이들이 몰려나왔다.

여자들은 그런 표정이다. 저 양아치들에게 걸려들었구나! 안됐다!

미주는 수채한테 이렇게 당하고만 있어서는 안 된다고 하였다.

수채는 담임 선생님을 찾아갔다. 1980년대를 호령했다는 가수 이선희를 닮았다는 선생님은 너무 걱정하지 말라고 수채를 안심시켰다. 수채는 선생님의 다정한 눈빛을 믿었다. 선생님이 민수 패거리들에게 어떤 말을 했는지 그건 모른다. 분명한 건 그들의 태도가 조금도 달라지지 않았다는 것이다. 오히려 더 노골적으로 비웃음을 흘렸고, 이번에는 복도에서 누군가 기습적으로 수채의 가슴을 만지고 달아났다. 어찌나 놀랐던지 제대로 소리도 지르지 못한 채 주저앉았다.

그때부터 혼자 복도에도 나갈 수 없었다. 앞에서 남학생만 걸어와도 은연중에 가슴을 웅크렸다. 굳이 수채가 말하지 않았어도, 미주가 하도 크게 소리쳐서 선생님들은 이미 상황을 눈치채고 있었다. 그래도 달라지는 건 없었다.

어느 날 운동장에서 그들이 수채를 막아섰다. 민수가 왼손으로 자기 입술을 비틀어서, 날카롭게 휘파람을 분 다음 소리쳤다.

"야, 너 보면 재수 없어. 꺼져 버려! 낼부터 눈에 띄지 말고, 내가 보이면 알아서 어디론가 사라지든 꺼지든지 하라고. 알았어? 만약 다시 한번 눈에 띄면, 나 진짜 돌아 버릴 것 같으니까."

민수가 침을 뱉었다. 수채는 그 침이 자기 얼굴에 명중했다는 사실도 몰랐다. 다만 어서 소리쳐야 한다고 자신을 다그쳤다. 그만하라고, 나 좀 괴롭히지 말라고, 소리치려고 하는데, 입이 굳어 있었다. 민수에게 저항했다가는 어떤 파국이 올까 봐 두려웠다. 그냥 피하고 싶었다. 이 순간만 피하면 다 괜찮아질 것 같았다.

수채는 갑자기 힘이 빠졌다. 이럴 땐 직립한다는 것이 치명적일 만큼 원망스럽다. 개처럼 짧은 네 다리로 몸을 지탱하고 있으면, 설령 힘이 빠져도 맥없이 주저앉는 결핍은 발생하지 않았을 테니까.

누군가 수채에게 괜찮냐고 물었다. 잘 모르는 언니였다. 수채는 간신히 언니의 부축을 받고 보건실로 갔다.

보건실로 찾아온 미주의 손을 잡고 수채는 울어 버렸다.

미주는 단단히 화가 났다.

"수채야, 걱정 마. 내가 알아서 할게."

그날 미주는 도서관에 딸린 북카페로 민수를 불러냈다. 민수와 그 패거리가 우르르 나타났다. 민수가 자신은 한가한 사람이 아니니 어서 용건을 말하라고 한껏 거드름을 피웠다. 미주가 입을 열었다. 특유의 가느다란 목소리는 또박또박 힘이 있었다.

"야, 경고하는데, 다시 한번 수채한테 얼쩡거리면 그땐 내가 어떻게 할지 몰라! 오죽 못났으면, 남자 새끼들이 패거리로 몰려다니면서 여자를 괴롭히냐? 니가 원한다면 운동장 한가운데서 맞짱 뜰 용의 있으니까, 언제든 붙어. 쪼잔하게 지랄하지 말고."

그건 민수가 상상도 할 수 없는 반격이었다. 민수는 순식간에 얼굴이 빨개지면서 저도 모르게 손을 옆으로 내밀었다. 자꾸만 무엇인가를 잡고 싶었다. 다른 아이들도 당황하면서, 민수의 눈치를 살필 뿐 뭐라 한마디 대응도 하지 못했다.

미주가 큰 체격으로 상대를 압도한다면, 민수는 입으로 상대를 압도한다. 민수는 목소리가 날카롭고 카랑카랑한 편이다. 그런 목소리에 험악한 욕설이 실리자, 정말 상상도 할 수 없을 만큼 강력한 무기가 되었다. 주먹이야 상대의 겉모습을 타격할 뿐이지만, 그의 욕설은 상대의 마음을 타격했다. 그 충격은 겉으로 드러나는 상처보다 훨씬 깊었다. 민수가 작정하고 내뱉는 욕설은, 감히 그 나이에는 끄집어내기 어려운 섬뜩한 단어들이 총동원되었다. 누구든 한 번 민수의 욕폭탄을 맞고 나면 진저리 치면서 항복하기 마련이다. 그런 민수의 입이 오늘은 버벅거렸다.

미주는 힘 한 번 쓰지 않고 그를 침몰시켰다.

미주와 수채는 학교 앞 칼국수 집에 앉아 있었다.

"어젯밤에 서연이한테 연락 왔어."

수채가 말했다. 아마 미주가 없었다면 여자 중에서는 서연이, 남자 중에서는 민수가 쌍두마차로 군림했을 게 뻔하다. 서연이는 매사에 잘난 체하는 경향이 심했다. 수채는 그런 낯뜨거움을 즐기는 서연이가 부러우면서도 자기하고 다른 세계에서 사는 사람이라고 선을 긋고 있었다. 그랬으니 서연이 전화를 받고 얼마나 불편했겠는가.

서연이는 미주가 북카페에서 민수한테 한 방 먹인 사건을 북카페 대첩이라고, 이 학교의 역사에서 가장 통쾌한 일이라고 떠벌렸다. 미주야말로 정의의 여인이라고 한껏 추켜세우고는, 같이 잘 지내고 싶다면서 피자를 쏘겠다고 미끼를 던졌다.

"미주야, 어떻게 할래? 서연이가 만나자고 하는데……."

미주는 히히히 웃었다.

"어쩌긴? 난 오는 사람 안 막고, 가는 사람 안 잡는 스타일이라고 했잖아?"

수채도 히히히 웃고야 말았다. 서연이랑 취향은 달라도 같이 지내다 보면 점차 편해지겠지, 긍정적으로 생각을 바꾸기로 하였다.

서연이는 날마다 민수의 소식을 물어다가 단톡방에다 터트렸다.

민수가 미주를 '조폭 마누라'라고 부르면서 차마 입에 담을 수 없을 만큼 험한 욕설을 퍼부어도, 그녀는 전혀 개의치 않았다. 수채도 더 이상 긴장하지 않았다. 1학년 남자들이 다 덤벼도, 미주를 당해 내지 못할 거라고 농담을 하기도 했다.

서연이는 친구들 사이에서는 늘 자신이 센터 노릇을 하려고 했다. 미주는 그런 성향을 알아채고는 센터 자리를 양보했다. 서연이는 그런 배려를 당연하다는 듯이 받아들였다. 수채는 그런 미주의 배려가 불편했다.

미주와 서연이라는 친구가 있다는 것이 수채는 늘 든든했다. 더 많은 친구를 원하지도 않았다. 친구가 많아진다고 버티는 중심이 강해진다는 법칙도 없다. 오히려 새로운 혼란이 생겨 때론 비틀거릴 수도 있을 테니까.

겨울이 되면서 들개가 더 많아졌다. 진돗개, 브리아드, 아키타, 콜리, 비글, 요크셔테리어, 발발이 그리고 품종을 알 수 없는 믹스견도 섞여 있었다. 개들은 소통에 아무런 문제가 없었다. 그들은 이미 언어를 초월해서 살아가는 법을 터득한 상태였다. 그들은 꼭 필요한 말만 사용하고, 인간들처럼 복잡한 말은 쓰지 않는다. 그래서 아프리카 어느 부족의 개도 진돗개랑 만나면 자유롭게 소통하지 않는가.

수채는 들개랑 가까워지기 위해서 먹이를 줬다. 들개 대장인 브리아드는 그 먹이를 땅에다 다 묻어 버렸다. 아무리 배가 고파도 먹지 않았다. 그러다가 얼마 전부터 먹이를 받아들였다. 특히 대장의 비서실장인 아키타가 가장 호의적이었다. 수채가 휘파람을 불면 아키타가 가장 먼저 꼬리를 흔들었다.

사람들은 그들이 아주 위험하고, 어린이를 공격한다고 헛소문을 퍼트렸다. 그들이 주인 있는 개를 위협해서 숲으로 데리고 간다고 비방하기도 했다.

골짜기 슬레이트집 건너편 하우스 집에는 장씨 아저씨라고 부르는 분이 혼자 살고 있다. 그는 유난히도 주름살이 많고, 머리카락은 햇살에 반짝거릴 정도로 흰 숲으로 덮여 있어서, 햇살을 먹고 사시는 분 같았다. 아무리 봐도 민수하고는 닮은 구석이 없었다.

진짜 개가 되어 가는 걸까?

　1학년 겨울방학이 끝나 가는 일요일이다. 수채는 마당에서 밤하늘을 보고 있었다. 오늘따라 알알이 박힌 별들이 책으로만 보았던 동화 속 풍경이 아니라, 실제로 존재하는 어떤 신화 속으로 초대받은 느낌이다. 그런 기분을 미주한테 전달하려고 휴대폰을 끄집어내는 순간 서연이에게서 전화가 왔다. 서연이는 대뜸 미주 이야기를 끄집어냈다.

　"수채야, 너 진짜 몰라?"

　수채는 도대체 무슨 일이냐고 웃어 버렸다. 서연이는 잠시도 망설이지 않았다.

　"미주가 초딩 때 딥페이크 사건에 휘말렸다며?"

순간 다른 세상에서 들리는 목소리라고 우기고 싶었다. 수채는 머리가 멍해졌다.

맥이 풀렸다. 찬 겨울의 독이 도사리고 있는 마당에서 30분이 넘도록 앉아 있었다. 아무런 감각을 느끼지 못했다. 집 안에서 소두가 부르는 소리를 듣고서야 정신을 차렸다. 수채는 2층 방으로 들어와서 미주한테 전화를 걸었다.

뜻밖에도 미주의 목소리는 차분했다. 괜찮으니까 걱정하지 말라고 오히려 수채를 위로했다. 세상에는 비밀이 없다면서, 언젠가는 자기 비밀이 알려질 거라고 예상했다는 미주의 목소리는 평소와 달리 약간 허스키했다. 지치고 힘들어지면 목소리가 그렇게 변하는 모양이다. 수채는 깊은숨을 내뱉었다.

소두랑 시언은 덤덤이 때문에 걱정이 많았다. 덤덤이가 자주 숲으로 가서 들개들이랑 어울리기 때문이다. 덤덤이가 들개를 따라갈 수도 있다고 한숨을 내뱉기도 했다.

어느 날 아침에는 덤덤이가 보이지 않았다. 시언은 단단히 화가 났다.

수채가 휘파람을 불었다. 예상대로 덤덤이가 뒷산에서 뛰어나왔다.

"덤덤이, 너 어딜 갔다가 이제 오는 거야?"

시언이 버럭 소리쳤다.

덤덤이는 자기 집 속으로 쏙 들어가서 시언의 눈치를 살폈다. 시언이 사라지고 나서야 덤덤이는 밖으로 나왔다. 덤덤이는 시언이 화내는 것에 대해서 이해할 수 없다는 눈빛이다.

수채는 부모님에게 덤덤이가 들개를 따라가는 일은 없을 것이라고 말했다. 소두는 왜 그렇게 확신하냐고 물었다. 들개는 인간에게 버려진 개들인데, 덤덤이는 그런 경우가 아니기 때문에 그 무리에 낄 수 없다고 대답했다.

소두는 수채가 순진하다고 말했다. 들개들이 힘으로 위협하면 덤덤이도 어쩔 수 없을 것이라고 하면서 마당 한가운데에다 묶어 놓았다. 아무리 수채가 말해도 소용없었다.

미주에 대한 소문은 수그러들지 않았다. 누군가의 지령을 받은 정체불명의 소문은 바이러스처럼 퍼져 나가더니, 급기야 소두의 입에서 튀어나왔다. 미주에 대한 온갖 딥페이크 영상이 떠돌고 있다는 소문을 들었는데, 그게 사실이냐고 물었다. 수채가 멍하니 있자, 소두는 아무런 이유도 없이 그런 소문이 생겨나겠냐고 하며 수채를 쳐다보았다. 수채는 어른들이 미쳤다고 분노했다.

안경을 만지는 소두의 눈빛이 더 단호해졌다.

"미주는 너랑 절친이잖아? 초등학교 때 어떤 배구선수랑 무슨 문제가 있었다면서? 그것도 딥페이크 영상 때문에? 너도 알고 있었어? 근데 왜 엄마한테 말하지 않았어?"

수채는 부들부들 떨리는 가슴을 두 손으로 감쌌다.

"그걸 내가 왜 말해야 하는데? 그건 미주가 잘못한 것도 아니잖아!"

수채는 하마터면 소리칠 뻔했다. 가까스로 분노의 진앙지인 가슴을 진정시켰지만 이번에는 머리끝으로, 발끝으로, 그리고 먼먼 수채의 과거 시간 속까지 분노가 퍼져 나간다. 맨처음 미주를 보았을 때부터, 달빛을 마시면서 그 아이가 자신의 아픈 시간을 끄집어내던 순간까지. 어쩌면 그때 하늘에서 내려오던 달빛의 끝까지 퍼져 나갔을지도 모른다.

"엄마니까, 당연히 알아야지. 넌 엄마 딸이고, 아직은 어리고, 그러니까 때론 엄마가 도와줘야지. 그랬더라면 다른 엄마들이 너까지 이상한 애로 보지는 않았을 거 아냐. 지금 너까지 좋지 않은 시선으로 보고 있다고! 그러니 엄마가 화 안 나게 생겼어?"

순간 수채의 몸속 가장 아득한 곳, 어쩌면 아기였을 때 머물렀을지도 모르는 그런 심연 속에서 따가운 모욕이 복받쳐 올랐다. 수채는 휘청 흔들렸다.

어른들은 아이들에 대해서 왜 말을 함부로 할까. 그럴 특권이라도 있다는 걸까.

연달아 재채기가 터져 나온다. 말하고 싶은데, 막 소리치고 싶은데, 무엇인가가 그렇게 수채를 막고 있었다.

미주야, 대체 왜 이런 일이 일어나는 걸까.

수채는 너무도 머리가 아파서, 뒷산 골짜기로 걸어갔다. 따스한 봄기운이 느껴진다는 건, 봄이 몸속으로 들어오려고 한다는 뜻이다. 하지만 몸이 너무 춥다. 슬레이트집 뒤쪽 숲을 기웃거렸다. 진달래 바위를 보았다. 순간 그 숲을 헤집고 들어갔다. 가도 가도 그 바위가 다가오지 않았다.

잔가지들을 밀쳐 내고, 썩은 가지를 치우고, 마른 덩굴과 풀을 지나고, 물웅덩이를 피하고, 어디선가 굴러온 작은 바위를 지났다. 지금까지 살아온 시간만큼이나 걸어간 기분이다. 어느 순간 그 바위가 우뚝 서 있다. 멀리서 봤을 때보다 수백 배나 크다. 도저히 오를 수 있는 경사가 아니다.

해질 무렵이 되어서야 슬레이트집 앞으로 돌아왔다. 그제야 비로소 그 바위 위에서 번지는 색의 몽롱함을 맛볼 수 있었다. 그건 그렇게 멀리서 마실 수밖에 없는 색이었다. 그래도 그 색을 맛보니, 뼛속까지 맑아졌다.

주위가 캄캄해진 줄도 몰랐다. 진달래 바위 밑에서 작은 별이 다가오고 있었다. 들개 대장의 비서실장이라는 아키타가 꼬리를 흔들었다.

수채는 살짝 휘파람을 불고 그에게 하소연했다.

"미주는 착한 아이야. 다 헛소문이라고!"

미주가 낙태했다는 소문, 미혼모라는 소문까지 학교를 흔들었다. 그나마 다행인 건 소문으로 떠돌던 딥페이크 영상은 확인되지 않았다. 미주의 얼굴, 그 등고선에서는 웃음 전선이 증발해 버렸고 늘 먹구름만 드리워져 있었다.

햇살이 유리 파편처럼 쏟아지던 날이었다. 수채랑 미주는 학교 앞에서 민수 패거리하고 마주쳤다. 그들은 비릿하게 웃어 댄다. 미주가 민수 앞으로 가서 길을 막았다.

"너지?"

민수만이 알아들을 수 있는 무게가 담긴 말이다. 민수는 왼쪽 볼을 과장되게 찡그렸다.

"재수 없게, 왜 가로막고 그래! 야 비켜!"

"비겁한 놈. 다 알고 있어. 네가 저질 소문을 퍼트리고 다닌다는 거 다 알고 있어!"

순간 민수의 눈빛이 흔들렸다. 민수가 갑자기 미주의 어깨를 밀었다.

"야, 꺼져! 난 그렇게 한가하지 않아!"

미주는 휘청하면서도 긴 팔로 민수의 어깨를 잡아챘다. 그와 동시에 민수는 나무가 뿌리째 뽑히듯 쓰러지면서 뒹굴었다. 손을 털면서 일어난 민수는 자신의 무기인 욕을 가득 장전한 다음 융단 폭격하듯 퍼부었다.

민수는 도사견을 키우고 있었다. 그 개의 야성처럼 눈을 부릅뜨고 사나운 욕을 퍼부으면 무조건 상대가 위축당한다는 것을 숱한 전투의 경험으로 알고 있었다. 아직까지 다른 예외를 접한 적이 없었다. 민수는 당황했다. 아무리 욕대포를 퍼부어도, 저 거인은 끄떡하지 않았기 때문이다.

민수는 자기 몸이 폭탄이 되어야 한다고 어금니를 갈았다. 그것이 요즘 개발한 비장의 무기였다. 그는 기습적으로 자기 몸을 발진시켰다.

미주는 전혀 당황하지 않았다. 머리를 앞세우고 달려드는 그의 어깨를 잡아 뱅글뱅글 돌리다가 팽개쳤다. 그는 빈 깡통보다 더 힘없이 굴러갔다.

미주 뒤에 있던 다른 남자아이가 달려들었다. 손에는 돌멩이를 들고 있었다. 미주는 그 아이도 잡아서 이리저리 돌리다가 민수보다 더 멀리 패대기쳤다. 다른 아이들도 달려들었다. 역시 돌을 들고 있었다. 미주는 돌을 휘두르는 아이의 손을 잡아서 패대기쳤다. 그때 또 다른 아이가 뒤에서 돌로 미주의 목을 내리쳤고, 영원할 것 같았던 거대한 행성은 너무도 허망하게 침몰해 버렸다. 그들이 마구 미주를 밟고 내리쳤다.

MRI라는 최첨단 의료기계는 미주의 뇌에 이상이 없음을 과학적으로 증명했다. 미주는 온몸에 타박상이 심해서 입원 치료를 권유받았지만 다음 날 퇴원했다. 남자아이 세 명은 전치 2주 진단을 받았다. 팔이 골절된 아이도 있었고, 머리와 허리에 심한 통증을 느끼는 아이도 있었다.

그래서인지 미주가 남자아이들을 일방적으로 폭행했다고 소문이 번졌다. 소문의 정체를 눈으로 볼 수만 있다면 수채는 자기 목숨을 걸고라도 막아서고 싶었다. 수채가 서연이에게 어떻게 했으면 좋겠냐고 묻자, 놀랍게도 눈빛이 달라져 있었다.

이제 미주는 원상회복이 불가능할 정도로 나쁜 아이라는 낙인이 찍혀 버렸다고 하고는, 수채에게 그녀와의 관계를 정리하라고 충고했다. 수채는 심한 배신감에 몸서리쳤다.

역시 그런 아이였구나! 그런 아이를 친구로 받아 준 미주가 바보였다. 오는 사람 막지 않고, 가는 사람 잡지 않는다는 미주의 신념이 산산이 부서지는 순간이다.

학폭위가 열렸다. 수채가 그날 일을 증언했다. 그래도 별 영향을 미치지 않았다. 미주는 한 달간 수업받을 권리를 박탈당했다. 한 달간 봉사활동과 심리치료를 받는 것도 징계 내용이었다.

미주는 수채의 전화를 받지 않았다. 메시지를 보내도 답장하지 않았다.

수채는 학교 가는 게 두려웠다. 서연이는 몇 번이나 미주의

일에서 손 떼라고 하였고, 아무도 수채에게 말을 걸지 않았다. 수채는 다시 혼자가 되었다. 집에 와서 개들을 보면 그제야, 아직 살아 있구나, 하고 한숨이 나왔다.

덤덤이는 계속 묶여 있었다. 친구들이 찾아오기는 해도, 자유롭게 그 개들이랑 놀지 못했다. 논다는 것은 뛰어다니는 것인데, 그걸 못 하니 신이 날 리가 없다. 덤덤이를 찾아온 개들도 시무룩해지면서 우울하게 있다가 사라질 뿐이다.

수채가 간식을 주어도 덤덤이는 먹지 않았다. 진돗개 스타를 비롯하여 이웃집 보더콜리 사과랑 수박이 와서 격려해 주어도 보는 둥 마는 둥 하고, 외눈박이 타르트가 비닐을 물고와도 쳐다보지 않았다. 도저히 더 볼 수가 없어서 수채가 시언에게 말했다.

"아빠, 덤덤이 풀어 줘. 덤덤이를 믿지 않고서는 키울 수 없는 거 아냐? 만약 저렇게 키울 거면, 어디로 분양 보내. 난 더 이상 볼 수가 없어."

그 말을 듣고서야 시언은 덤덤이한테 가더니 얼굴을 쓰다듬었다.

"덤덤아, 수채 말이 맞는 것 같아. 우리가 미안하구나, 널 믿지 못하고 이렇게 하다니……."

시언은 덤덤이를 풀어 주었다. 덤덤이는 고맙다고 몇 번이나 소리치더니 천천히 마당을 뛰어다녔다.

수채의 꿈에 미주가 나왔다. 미주는 골짜기 슬레이트집 뒤쪽 숲에 숨겨진 진달래 바위 밑에서 들개랑 놀았다. 어쩌면 들개랑 미주의 처지가 비슷해서 그런 꿈이 나왔을지도 모른다. 들개도 미주처럼 누군가 고의로 만들어 낸 헛소문 때문에 힘들어하고 있으니까. 들개가 피해를 준 게 없는데, 왜 사람들은 들개를 나쁜 무리로 몰아가는지 모르겠다.

수채네 아랫집은 1년 내내 마당에다 만국기를 매달고 있어서 그 집 주인을 만국기 아저씨라고 부른다. 그분은 키가 작고 몸이 뚱뚱하며, 하도 팔이 길어서 거의 땅에 닿을 정도다. 그분은 들개를 유독 싫어한다. 한 번은 그분이 들개를 추적하다가 골짜기 하우스 집 마당에서 뭔가를 먹고 있는 것을 보았다. 장씨 아저씨가 개들에게 밥을 주고 있었다.

결정적인 증거를 잡았다고 확신한 만국기 아저씨는, 저 개들이 들개인 줄 알았더니 주인이 있네요, 하고 시비조로 내뱉었다. 장씨 아저씨는, 기르는 개가 아니라고 시큰둥하게 대꾸했다. 그럼 왜 개들에게 밥을 주냐고, 만국기 아저씨가 핏대를 세웠다. 들개들 때문에 한낮에도 편안하게 걸어 다닐 수가 없다고 과장되게 소리치면서.

장씨 아저씨는 만국기 아저씨의 말이 끝날 때까지 기다렸다가, 인간이 버린 생명이라서 거두는 것뿐이라고 낮게 읊조렸다. 만국기 아저씨는 다시 그것들에게 밥을 주면 가만있지 않겠다고 소리를 높였다.

장씨 아저씨가 희미하게 웃었다.

"이것 보세요. 난 여기서 얼마나 많은 개들이 버려지는지 다 알고 있어요. 저 개들도 당신들이 키우다가 버리고 간 목숨 아닙니까? 그런 인간이 몹쓸 것들이지, 저렇게 살겠다고 아등바등하는 개들이 문젭니까? 당신이 뭔데 나한테 이래라저래라 하는 거요. 다시는 찾아오지도 마세요!"

장씨 아저씨의 목소리는 그 어떤 반박도 허용하지 않을 만큼 단호했다. 그렇다고 주먹을 휘두른 것도 아니고, 그저 턱을 약간 낮추면서 그렇게 말했을 뿐이다. 그런데도 만국기 아저씨의 탱크 같은 몸이 주춤주춤 밀려났다.

수채는 늘 혼자서 학교를 감당하는 기분이었다.

미주가 없는 학교에서 하루를 버틴다는 것이 얼마나 힘겨운지 깨달아 가고 있었다. 가끔은 자신이 나무였으면 했다. 적어도 나무는 한 번 뿌리내리면 존재에 대한 불안은 없을 테니까. 그만큼 수채는 불안했다. 학교에만 들어서면 그런 불안증이 더 덧나서 심해졌다.

민수 패거리하고 마주치기라도 하면 그 불안증을 통제할 수 없었다. 온몸에 땀이 나면서 어지러웠다. 처음에는 보건실에서 받아 온 약을 먹으면 금세 가라앉았는데, 언제부턴가 그 약조차 소용이 없었다.

어느 날 수채는 학교에서 쓰러지고야 말았다. 심장이 멎을 것 같았다. 수채는 응급실로 실려 갔다. 의사는 수채가 여러 가지 마음의 병을 앓고 있다고 진단했다.

소두는 의사의 진단을 받아들이지 않았다.

"도대체 네가 왜 그런 병에 걸려? 엄마 아빠가 공부에 대한 스트레스를 주는 것도 아니고, 경치 좋은 곳에서 네가 좋아하는 개도 키우면서 자유롭게 살잖아? 근데 대체 뭐가 문제야!"

수채는 한마디도 대꾸할 수 없었다. 그저 미안했을 뿐이다.

병원에서 돌아온 소두는 한동안 침통하게 생각에 잠겼다.

수채는 소두한테 무거운 그늘을 덮어씌운 것 같아서 숨소리조차 내지 않으려고 했다.

수채는 덤덤이랑 같이 있으면 마음이 편했다. 덤덤이한테 이런 모든 상황을 주절주절 털어놓았다. 부모님에게도 할 수 없는 말이다. 그러다가 울음이 나오려고 하면, 잠시 가슴을 문지르면서 낮게 휘파람을 불었다. 휘파람이란 참 묘하다. 분명 몸에서 나오는 소리인데도, 그게 아니고 자신이 모르는 곳, 자신을 잃어버린 곳, 그런 곳에서 흘러나오는 것 같다.

휘파람을 싫어하는 개는 없다. 휘파람 덕분에 덤덤이뿐만 아니라 진돗개 스타랑 시베리아허스키 로또 그리고 시츄 타르트랑 보더콜리 수박, 사과하고도 친해졌다. 무엇 때문인지 몰라도 그들은 수채가 휘파람을 불면 관심을 가졌고, 꼬리를 흔들면서 먼저 다가왔다.

오늘도 학교에서 오자마자 덤덤이를 안고 하소연했다. 실비가 풀어지고 있었다. 한참 이야기를 듣던 덤덤이가 마당 풀밭에서 이리저리 뒹굴뒹굴, 사과랑 수박도 와서 뒹굴뒹굴, 어느새 타르트도 와서 굴렀다. 개들이 같이 놀자고 속삭인다. 눈빛으로, 분명 그렇게 말했다.

수채야, 넌 너무 지쳐 있으니까, 그냥 놀아야 해.

그래서 같이 놀았을 뿐이다. 뒹굴뒹굴, 풀밭에서 굴러다니고, 또 굴러다니고, 가만히 풀 냄새 맡다가, 손으로 뜯어 보기도 하고, 하늘을 보고 입을 벌려 빗방울도 받아 먹는다.

소두가 그걸 보았다. 차에서 내린 소두는 개들을 쫓아내더니, 수채를 끌어안고 마구 어깨를 내리친다.

"정신 차려, 제발 정신 차려! 넌 개가 아니야, 이것아!"

수채는 얼굴이 하얗게 경직된 소두를 보고, 개가 아니라는 것을 안다고 했다. 근데 왜 개처럼 행동하냐고, 소두가 바락바락 소리 지른다.

"엄만, 덤덤이를 분양받은 게 너 때문에, 너를 가장 염두에 두고 그런 거야. 여기로 오게 된 것도, 너를 가장 많이 생각하

고서 내린 결정이야. 근데, 엄마 판단이 틀린 것 같아. 사람
은 사람끼리 살아야지. 넌 아예 학교에서 아이들이랑 단절하
고…… 그래서 앞으로 어떻게 살려고 그래? 네가 개야? 엄마
가 미치겠다. 널 어떻게 하니?"

수채는 얼른 대답하지 못했다. 모르겠다. 진짜 개가 되어 가
는지도 모르겠다.

소두가 과일을 들고 수채의 방으로 들어와서 컴퓨터를 켠
다. 소두는 '성격유형 검사(MBTI)'를 해 보자고 하였다. 수채
도 아는 프로그램이다. 수채는 질문사항이 나올 때마다 소두
의 눈치를 먼저 살폈다. 제시되는 문장들은 한참을 읽어도 무
슨 뜻인지 애매한 경우가 많았다.

당신의 성격유형은 '선의의 옹호자'. 마음-내향형(67%), 에
너지-직관형(59%), 본성-원칙주의자형(58%), 전술-계획형
(60%), 자아-신중형(57%). 선의의 옹호자형은 가장 흔치 않은
성격유형으로 인구의 채 1%도 되지 않는다는 말에, 소두가
슬쩍 수채를 보았다.

"뭐야, 1%도 안 될 정도로 특이한 성격이라고?"

수채는 1%라는 말에 더 움츠러든다. 더구나 종종 구조 작
업이나 자선 활동을 하는 곳에서 쉬이 볼 수 있는 유형이라고
하자, 더욱 수긍할 수가 없었다. 수채는 그런 활동에 대해서

고민해 본 적이 없다. 타인과 스스럼없이 잘 어울린다는 말에도 수채는 고개를 흔들었다.

"단순한 논리나 딱딱한 대화가 아닌 따뜻하고 섬세한 언어를 사용하여 이야기를 나눈다. 이건 우리 딸한테 맞는 것 같고. 그치? 아무튼, 가까운 동료는 이들을 사교성이 많은 사람으로 오해하기도 하지만, 사실 이들은 갑자기 물러서야 하는 상황이 생겼을 때 마음의 평정심을 잃지 않도록 잠시 생각을 비우고 재충전할 수 있는 혼자만의 시간을 원한다. 아, 이것도 맞는 것 같애. 선의의 옹호자형은 다른 이들의 감정을 섬세히 잘 살피며, 다른 이들도 역시 마찬가지로 그렇게 해 주기를 바란다. 하하, 이것도 우리 딸한테 해당되고."

소두는 그런 식으로 수채의 성격을 하나하나 짚어 갔다. 수채는 한마디도 대답하지 않았다. 소두랑 논쟁하고 싶지 않았고, 어서 이 시간이 지나가기만을 바랄 뿐이다.

"무엇보다도 선의의 옹호자형은 자신을 챙기고 돌보는 일을 게을리하지 말아야 한다. 강한 신념과 열정으로 어느 정도 자기 한계점을 넘어설 수는 있지만, 이러한 열망이 감당할 수 있는 수준을 넘어서면 쉬이 지치거나 극심한 스트레스를 호소하는 등 건강에 적신호가 켜질 수도 있다……."

소두가 말꼬리를 흐리는 순간, 수채는 가슴이 답답해진다. 그 설명은 너무나도 정확하게 수채의 심장을 겨냥하고 있었다. 괜히 가슴이 아팠다.

소두가 방을 나가자 성격유형 검사를 다시 하였다. 이번에는 좀 더 냉정하게 한 문항씩 답을 적는다. 놀랍게도 결과는 똑같다.

소두의 후배가 운영하는 심리치료연구소 대기실에는 이파리가 동글동글하고 큰 나무가 많다. 작은 정원에 들어와 있는 기분이다. 확실히 나무들이 주는 안정감은 편안했다. 수채뿐만 아니라 다른 사람들 표정에서도 그것을 느낄 수 있다. 키가 작고 깡말라서 도토리 같다는 생각이 들게 하는 채 소장이 소두랑 수채를 반겨 주었다.

"아이구, 수채가 언니랑 꼭 닮았네! 붕어빵이야. 보통 딸은 아빠를 닮는다고 하던데, 언니 유전자의 승리네!"

"아니야, 채 소장이 내 후배라서 그렇지, 수채 아빠 후배가 보면 또 달라."

소두는 그런 식으로 열기를 가라앉히면서 보이차가 든 종이 가방을 내밀었다. 채 소장은 왜 이런 걸 가져오냐고 강하게 쏘아 대면서도 얼굴 가득 고마움을 표시했다.

채 소장은 오랜만에 만난 소두와 수다스럽게 살아가는 이야기를 주고받은 뒤, 이내 냉정한 눈빛으로 소두를 밖으로 내보냈다. 직원이 작은 초코 케이크를 가지고 왔다. 수채가 좋아하는 케이크다. 달달한 케이크가 목구멍으로 젖어 든다.

채 소장은 손깍지를 끼고 천천히 물었다. 좋아하는 연예인, 좋아하는 노래, 좋아하는 드라마, 좋아하는 음식 그리고 덤덤이와 학교생활까지. 수채는 더듬더듬 대답했다. 그러다가 불쑥 채 소장이 "너 선의의 옹호자구나! 맞지?" 하고 물었다.

"조용하고 신비로우며 샘솟는 영감으로 지칠 줄 모르는 이상주의자!"

순간 사전에 소두랑 채 소장이 교감했을 거라고 확신했다. 어쩌면 학교 성적까지도 다 알려 줬을지 모른다. 수채는 씁쓸한 웃음을 억지로 감춘다.

"근데 그걸 어떻게 아세요?"

일부러 그렇게 물었다.

채 소장은 최대한 사람 좋은 미소를 흘리면서, 뭐 그런 정도는 별것 아니라는 식으로 말했다. 20년간 숱한 사람들을 상대하다 보니, 그 첫인상만 보고도 대충 성격 유형을 알 수 있다고 하였다. 수채는 하마터면 크게 웃어 버릴 뻔했다. 소두가 사전에 수채에 대한 정보를 제공했을 테지만, 만약 그게 아니라면 점쟁이일지도 모른다는 생각이 들었다. 점쟁이와 심리치료사의 사회적인 위치는 하늘과 땅 차이가 아닐까. 더구나 대학교수에다 연예인급으로 사회적 등급이 높은 사람이라면, 감히 미신을 팔아먹는 점쟁이하고 비교했다가는 뺨을 얻어맞을지도 모른다. 다행스럽게도 채 소장은 그런 수채의 마음까지는 들여다보지 못했다.

"난, 그 MBTI 검사를 크게 신뢰하지는 않아. 그래도 한 번씩 해 보라고 권하기는 해. 요즘 수채가 많이 힘들어한다고 들었는데, 네 유형의 성격을 가진 사람들한테서 흔히 나타나는 현상이야. 마음이 아픈 것도 병이라는 거 알지? 예전에는 그것을 정신병이라고 하여 사회적으로 낙인을 찍었어. 그래서 마음이 아파도 드러내지 못하고 혼자만 끙끙 앓고 참아 가면서 살았지. 그러다가 생긴 것이 화병인데 다 똑같은 거야. 근데 이제 안 그래. 마음이 아픈 것도, 넘어지면 무릎이 까져서 다친 거랑 똑같아. 네 성격이 예민하고 특별해서 생기는 게 아니야. 그러니까 자책할 필요도 없고, 편안하게 받아들이면서 이겨 나가야 해. 일단 일주일에 한 번씩 나랑 보고 수다 떨자. 그렇게 해 보고도 안 되면 그때 병원에 가서 약물치료 받기로 하자."

수채는 고개를 끄덕이면서도, 대답을 요구하는 질문이 날아올 때마다 침을 꼴깍꼴깍 삼킨다. 때론 일부러 전혀 엉뚱한 대답을 하기도 했다. 수채가 대답한 말은 채 소장을 통해서 고스란히 소두의 귀로 흘러들 게 뻔하기 때문이다. 지금도 미주랑 소통하냐고 물었을 때는, 그 애가 먼저 단절했다고 짧게 말했다. 다른 친구들이랑 잘 지내냐고 물었을 때도, 서연이 이름까지 거론하면서 별 무리가 없음을 강조했다. 당연히 거짓말이다. 수채는 미주가 사라진 뒤로는 서연이랑 거의 말을 하지 않았다.

수채가 일어설 무렵, 혹시 하느님을 믿냐고 묻자, 뭐라 대답해야 할지 몰라 그냥 망설인다.

"지금이라도 하느님을 믿었으면 좋겠다. 신을 믿는 건 마음을 편안하게 하는 데 도움이 돼. 기도할 때는 나 자신을 돌아다볼 수 있어서 좋고……."

악마들의 춤

뒷산 언덕으로 강아지들이 소풍 간다. 길잡이는 어미인 백구다. 그 뒤를 여섯 마리의 어린것들이 쫄레쫄레 따라간다. 어리다는 것은 그만큼 세상에 대한 호기심이 많다는 뜻이다. 강아지들은 틈만 나면 한눈을 팔거나 대열에서 이탈했다. 그때마다 뒤따라오던 삼촌이랑 이모들이 다시 대열 속으로 물어다 놓았다.

들개 무리는 강아지를 끔찍하게 아꼈다.

들개들은 새로 태어난 강아지를 축하하는 의식을 치르고 있었다. 의식이란 별게 아니다. 숲속에 사는 생명들에게 어린 강아지를 보여 주는 것이다.

새로운 생명이 태어났다는 것은, 들개들이 성공적으로 자기

들만의 세상을 만들어 가고 있다는 뜻이다. 강아지야말로 자신들의 미래이자 희망일 테니까.

골짜기 슬레이트집 마루 밑에다 굴을 파고 사는 들개들은 활기가 넘친다. 무뚝뚝해 보이는 수캐도 강아지랑 장난치면서 놀았다. 수채가 지금까지 본 개들의 세상 중에서 가장 아름다운 풍경이다. 인간이 떠나간 빈집이 개들의 천국으로 바뀌고 있었다.

들개들의 눈에는 스스로 미래를 개척해 나갈 자신감이 넘쳤다.

"야, 너 정신병 걸렸다며?"

민수 패거리가 수채를 놀리면서 킬킬거렸다. 서연이도 수채와 마주칠 때마다 슬그머니 피해 버렸다. 채 소장은 친구가 없으면 학교생활이 불가능하다는 것을 잘 알고 있었다. 그래서 수채네 반 여자아이들 명단을 입수하여 하나하나 성격을 분석하고, 성적을 비롯하여 집안 사정까지 어느 정도 알아낸 상태였다. 그것을 바탕으로 수채랑 이야기하면서 친구가 될수 있는 공통분모를 가진 아이를 세 명으로 압축했다.

채 소장은 친구도 열심히 노력하고 투자해야만 생기는 결과물이라고 확신했다. 방법론적으로는 우연을 가장하여 상대에게 눈빛을 보내면서 대화하고, 자연스럽게 상대가 좋아하는 음식을 먹는 것이 가장 기본적인 법칙이다.

채 소장은 그 모범답안을 자주 되풀이해서 수채의 뇌에다 심어 주려고 하였다. 성적이 좋고, 성격도 무난한 반장을 가장 유력한 수채의 친구 후보감으로 꼽았다. 수채는 반장한테 의도적으로 접근하라는 채 소장의 숙제를 이행하지 않았다.

한 달이 지나도 미주는 돌아오지 않았다. 우연히 마주친 민수의 패거리 입에서 미주가 다른 학교로 전학 갔다는 말이 흘러나왔다.

"야, 그년 전학 갔어! 다시 나타나면 우리가 완전히 밟아 주려고 했는데, 아쉽지만 그년이 판단 잘한 거지."

수채가 선생님을 찾아가서 미주의 소식을 물었다. 선생님은 무표정한 얼굴로, 소문이 사실이라고 대답했다. 미주는 학교에서 내린 징계 자체를 거부했다. 선생님이 몇 차례 설득해도 소용없었다.

소두는 미주가 학교를 그만둔 것이 안타깝기는 해도 수채한테는 잘된 일이라고 긍정적으로 해석하고 있었다. 또한 수채 때문에 미주랑 민수의 폭력 사건이 발생했다는 사실도 인정하지 않았다. 민수는 분명히 그렇게 말했다.

"수채는 전혀 상관없고요, 그 뚱땡이 때문이에요! 뚱땡이가 계속 우리를 건드리고, 우리를 욕하고 다녔다고요!"

소두는 그 말을 더 신뢰했다. 물론 민수의 평판도 좋지 않았다. 그래도 그의 부모님에 대한 평판이 소두의 판단을 흐리게 하였다. 민수 아버지는 제법 잘나가는 기업체 사장님이고, 민수 어머니는 대학에서 강의를 했다. 그래서인지 학부모들 사이에서 평판이 나쁘지 않았다. 그에 비해서 미주 부모님의 평판은 거의 바닥이었다. 오래전에 이혼을 하였고, 쌍둥이 딸은 부모가 하나씩 찢어서 키우고 있었다. 어머니는 장애인이라는 소문이 돌았다. 아파트 관리소장인 아버지는 경비원 갑질 사건으로 몇 차례 인터넷에 오르내리기도 했다.

그런 부모의 그늘이 미주에게는 더욱 부정적인 영향을 미칠 수밖에 없었다.

소두는 수채네 반 여자아이들을 몇 명 만나고 나서야 자신의 판단이 빗나갔음을 알았다. 그러자 민수보다 수채에 대한 분노 지수가 더 높아졌다.

"넌 왜 그런 일을 엄마한테도, 채 소장한테도 말하지 않는 거야? 채 소장이 몇 번이나 민수가 괴롭히지 않냐고 물었다고 하던데."

수채는 한참 눈을 감았다가 뜨면서 대답했다.

"민수가 가끔 나를 보면 삐딱하게 말을 하는데, 그 정도를 가지고 괴롭힌다고 할 수는 없잖아? 심하게 욕을 하는 것도 아니고, 나에 대한 이상한 소문을 퍼트리는 것도 아니고, 쫓아다니는 것도 아니고…… 그렇잖아? 그래서 그런 거야."

소두도 더 이상 다그칠 수 없었다. 대신 호루라기를 내밀었다. 그것을 호주머니에다 넣고 다니다가 민수가 이상한 짓을 하면 힘껏 불어서 주위에 도움을 청하라고 하였다.

미주는 완벽하게 수채와의 관계를 단절했다. 수채는 그걸 받아들일 수 없었다. 어쩌면 미주는 수채가 자신을 배신했다고 생각하고 있을지도 모른다. 그렇지 않고서야 이렇게 단절하지는 않을 테니까. 수채는 미주를 만나야겠다고 입술을 깨물었다. 적어도 그 비밀을 지키지 않았다는 오해만큼은, 그 어떤 일이 있어도 풀어야 한다고.

수채는 미주를 만나러 가면서 자책했다. 미주네 아파트를 알고 있었으니까, 마음만 먹었다면 언제든 올 수가 있었다. 수채는 쓸쓸하게 웃으면서 자기는 창의적인 인간이 아니라고 중얼거렸다. 선의의 옹호자형이라는 MBTI 검사 결과가 엉터리라고 자신을 비꼬았다.

수채는 자그마치 네 시간이나 놀이터에서 기다렸다. 미주가 놀이터 쪽으로 걸어오자 이름을 크게 불렀다. 그건 수채의 입을 통해서 나왔을 뿐이지, 실은 수채와 미주가 함께했던 모든 시간이 소리쳐 부른 것이다.

미주는 깜짝 놀랐다. 수채가 앞에 서 있었다. 목에서 그리움이 버무려진 수채라는 이름이 굴러 나왔다. 미주는 입술을 깨물고, 서너 걸음 물러나서 거리를 두었다.

빠르게 다가오던 수채의 걸음도 한풀 꺾였다.

"잘 지냈어?"

수채가 어설프게 손을 내밀면서 다가왔다.

"미주야, 난 변한 게 하나도 없어."

미주는 허공으로 눈빛을 두고 한숨만 연달아 토해 냈다.

"우리 어디 가서 이야기 좀 하자."

수채의 얼굴에서 불안 지수가 급속하게 높아졌다.

미주는 돌아섰다. 할 말이 없으니 돌아가라고 짧게 말했다. 수채가 앞을 가로막았다. 미주가 그녀를 밀어냈다. 수채는 맥이 빠지면서 움직일 수 없었다.

수채는 집 앞에 오고 나서야 자기가 얼마나 바보 같았는지 깨달았다. 미주가 아무리 밀어내도 말했어야 한다. 난 네 비밀을 절대 말하지 않았다고! 그 말이라도 했다면 이렇게 허탈하지는 않았으리라.

수채는 집에 와서 밥을 먹다가 갑자기 울컥해지면서 가슴이 답답했다. 급하게 화장실로 뛰어가 변기통에다 다 토해 버렸다. 눈물이 쏟아졌다. 수채는 화장실 바닥에 주저앉아 엉엉 울어 댔다.

어느새 들어온 소두가 놀라면서 수채의 등을 토닥였다.

"왜 그래? 너 무슨 일 있었구나! 말해 봐, 무슨 일이야. 미주

때문이지? 아직도 미주 만나는구나! 내가 널 만나지 말라고
했는데…….”

그제야 수채는 미주가 쌀쌀하게 대했던 이유를 알 것 같았
다. 수채는 소두의 손을 뿌리치면서 경련이 일어나도록 눈에
다 힘을 주어 노려보았다.

“엄마, 미주 만났지? 그래서 날 보지 말라고 했지?”

소두는 쏟아지는 한숨을 조절할 수 없었다. 한숨이란 몸에
가득 차면, 자루처럼 거꾸로 세워서 털지 않아도 와르르 쏟아
지는 속성이 있다.

“다 널 위해서야!”

소두의 목소리가 미세하게 떨린다.

수채는 미주가 자신을 밀어내듯이 소두를 밀어내고 밖으로
뛰쳐나갔다. 소두가 이렇게 미웠던 적도 없었다. 만약 신이 있
다면 묻고 싶다. 어른에게 그러니까 부모에게 당신들이 낳은
자식의 삶을 마음대로 편집할 수 있는 절대적인 권한을 준 적
이 있냐고 말이다.

수채는 침대에서 뒤척이다가 밖으로 나왔다.

덤덤이랑 스타랑 몇몇 개들이 마당에서 놀고 있었다. 수채
는 개들에게 엄마가 비겁하다고 까발렸다. 한참 하소연하다
보니까, 덤덤이만 있고 다른 개들은 사라졌다. 밤이슬이 내리

고, 온몸이 촉촉해지면서 점점 무거워진다. 수채가 일어나자 언덕 위에서 파란 눈들이 우우우! 소리쳤다. 휘파람이랑 비슷한 소리다. 수채도 휘파람을 불면서 그들이 있는 곳으로 갔다. 수채가 들개들에게 말했다.

"야, 대장, 내 말 잘 들어. 너희들, 빨리 이곳을 떠나야 해. 곧 사람들이 너희들을 다 없애려고 할 거야. 진짜 내 말 명심해야 해."

들개들은 가만히 그 말을 해독하다가, 다시금 수많은 별을 향해 우우우 울림 깊은 소리를 불어 낸다. 수채는 그 소리가 개들이 부는 휘파람이라고 확신했다. 개는 인간처럼 입술을 동그랗게 모으지 못하니까, 입을 살짝 열고 울림통 목구멍으로 소리를 불러낸다. 그 소리는 입안에서 만들어 내는 개들의 말보다 훨씬 멀리 퍼져 나간다는 사실도 알았다. 별이 걸어 다니는 하늘길까지도.

만국기 아저씨는 마을 사람들만 만나면 들개를 다 죽여야 한다고 열변을 토했다. 수채는 죽여야 한다는 말을 들을 때마다 소름이 돋았다. 어떻게 그런 말을 아무렇지도 않게 내뱉을 수 있을까. 도무지 이해할 수 없다. 더구나 만국기 아저씨도 개를 키우고 있지 않은가.

만국기 아저씨는 초등학교 교장을 만나 이 문제를 거론했다. 만약 학교가 나서지 않는다면, 교육청에도 민원을 넣겠다고 압박했다. 결국 학교가 전면에 나섰고, 마을 전체가 '때려 잡자, 들개들!' 그런 구호라도 외칠 판이었다.

며칠 전부터 들개 소탕 작전이 벌어진다는 소문이 돌았다. 수채는 덤덤이한테 몇 번이나 말했다. 어서 강아지들을 데리고 이곳을 떠나야 한다고, 브리아드 대장한테 꼭 말해 달라고 말이다.

수채는 소두에게 미주를 포기하지 않을 것임을 분명하게 밝혔다. 지금 당장은 미주를 만날 수 없어도 어떻게 해서든 관계를 회복할 거라고. 그 말을 들은 소두는 어차피 이 문제를 짚고 넘어가려고 했는데 잘됐다고 말했다.

"왜 그렇게 미주를 계속 만나려고 하는지 엄마를 설득시켜 봐."

수채는 10대 특유의 방어법인 '그냥'이라는 말을 앞세우고는 뚜렷한 말을 하지 않았다. 다른 엄마라면 그 정도에서 물러서겠지만 소두는 달랐다. 소두는 정확하게 관계를 정리해야 한다는 입장이었다. 채 소장의 조언이 그런 소두의 생각을 더 단단하게 하였다. 아이들은 그냥이라는 말을 앞세워서 사사로운 질문을 피해 가는데, 그것을 자꾸 묵인해 주면 안 된다고 했다.

소두는 하루에도 몇 번씩 미주하고 관계를 끊을 수 없는 이유를 설명하라고 물었다. 미주하고 꼭 친구가 되어야만 하는 논리를 만들어서 설득하지 않으면 결코 물러나지 않겠다는 뜻이다.

그때마다 수채는 허둥거렸다.

"그런 거 없어! 그냥 미주랑 있으면 좋으니까! 편하니까! 내 이야기를 잘 들어 주니까!"

예상대로 수채에게는 아무런 논리가 없었다. 물거품 같은 감정뿐이다.

소두의 눈빛은 더 단호해졌다.

"그런 감정들은 다른 친구를 사귀게 되면 다 사라진다고. 친구란 절대적인 거 아냐. 나이에 따라서, 그 처지에 따라서, 상황에 따라서, 어떤 사람이랑 친구가 되기도 하고, 그런 시간이 지나가면 멀어지기도 하고, 그것이 인간관계야. 너처럼 특정한 관계가 평생 이어질 거라고 생각하면 안 돼. 그건 아주 위험한 거야!"

수채는 미주랑 평생 친구가 될 수 있다고 생각한 게 아니다. 다만 지금은 미주만큼 절대적인 친구가 없다는 사실을 말하고 싶었을 뿐이다. 수채는 왜 미주랑 친구 하면 안 되냐고 물었다.

소두는 이 순간을 기다렸다는 듯이 말했다.

"그 애는 불안정하니까!"

수채는 그 말에 괜히 울컥했다.

"그게 뭐 어때서? 나도 불안정한데……."

소두는 묘한 웃음을 날렸다. 확실하게 승기를 잡았다는 표정이랄까.

"그래서 반대하는 거야. 불안정한 아이 둘이 만나면 더 불안정해서 어떻게 터질지 모르니까, 제발 엄마 말 한 번만 들어. 나중에, 나중에, 지금 이 혼란이 지나간 다음에, 고등학교 때나 혹은 그 뒤에나, 그때는 만날 수도 있겠지. 근데 지금은 아니라는 거야."

그 말과 눈빛 그리고 온몸에서 풍기는 엄마로서의 기운이 야금야금 수채의 반감을 침몰시키고 있었다. 은연중에 수채는 소두의 말이 맞을 수도 있다고 체념하고 있었으니까. 시간이 좀 더 흐른 뒤에 만나도 된다는 말을 듣는 순간에는 알았다고 항복선언을 하고 싶었다. 그래도 미주를 찾아간 것에 대해서는 사과를 받고 싶었다. 소두는 조금도 물러나지 않았다.

수채는 비장의 무기를 꺼내 들었다.

"그럼 엄마가 학교 다녀. 나, 안 다닐래."

이번에도 소두는 묘한 웃음을 날렸다. 그 정도 반격은 다 예상하고 있었다. 채 소장의 판단은 정확했다. 소두는 이번에도 채 소장의 목소리를 기억해 내고는 담담하게 말했다.

"네 탈을 쓰고 나갈 수만 있다면 그렇게 할 거야. 근데 그럴 수 없잖아? 좋아, 네가 계속 학교를 다니든 말든 그건 맘대로 해. 네 자신이 납득할 수 있도록 최선을 다해 보고, 그래도 친구 때문에 힘들다, 그러면 그때는 그렇게 하라는 뜻이야."

수채는 알았다고 고개를 끄덕이고야 말았다. 절대 소두를 이길 수 없다는 사실을 다시금 깨닫는 순간이었다.

토요일 아침이다. 덤덤이를 비롯하여 마을의 모든 개들이 다 묶였다. 덤덤이가 목줄을 풀어 달라고 애원했다. 지금까지 살아온 모든 힘을 다 모아서 목줄을 끊어 내려고 달려 나갔다가 그 팽팽한 반작용에 허무하게 채이면서 뒹굴었다. 덤덤이가 더 빠르게 달려갈수록, 더 힘껏 반항할수록, 목줄도 그만큼 아프고 강하게 잡아챘다.

목줄이란 반항을 용납하지 않는, 인간이 만든 강력한 굴레다. 순종하는 개에게는 아무런 고통을 주지 않지만, 조금이라도 반항하는 자에게는 고통과 좌절을 주는 아픈 채찍이다.

숨이 찬 덤덤이는 캑캑거리면서 거품을 뿜어 대고, 허공을 보면서 개들의 휘파람을 불었다. 옆집 개들도 휘파람을 불었다.

119대원들과 경찰, 전문적으로 개를 포획하는 사람들 그리고 사냥개들까지 투입되었다. 누군가의 심장을 꿰뚫는 총소리가 골짜기를 마구 흔들어 댔다. 오전 11시쯤 작전이 마무리되었다. 모든 개들이 사살되었다.

수채는 처음으로 이 마을을 떠나고 싶었다.

들개가 무슨 죄가 있을까. 인간이랑 살다가 버려졌을 뿐이다. 그때부터 조상들의 시간을 찾아서 숲으로 들어갔을 뿐이다. 그게 왜 죄가 될까.

수채는 처음으로 인간이라는 사실이 부끄러웠다.

덤덤이는 아무것도 먹지 않는다. 뭘 먹어야 한다고 수채가 말하면 힘겹게 꼬리를 들어서 몇 번 흔들어 댈 뿐. 억지로 사료를 목구멍으로 밀어 넣어도, 가슴에 가득 찬 슬픔과 분노와 절망이 그것을 받아 내지 못했다.

만국기 아저씨네 집에서는 바비큐 파티가 열렸다. 들개를 소탕한 기념으로 마을 사람들이 잔치를 벌인 것이다.

덤덤이는 집에서 나오지 않았다. 들개를 위해서 아무것도 해 줄 수 없었다는 자괴감이 너무도 컸을지도 모른다.

수채는 그 마음을 이해할 수 있었다. 수채도 그런 자괴감에서 빠져나오지 못하고 있었으니까.

'미주야, 네가 힘들어할 때, 난 아무것도 할 게 없었거든. 넌 아낌없이 날 도와줬는데, 난 너에게 아무것도 해 줄 수 없다는 비참함. 그런 나약함이, 나라는 사람의 무게가 너무 아파. 미주야, 난 내 몸을 옥죄고 있는 보이지 않는 줄이 있다는 사실을 새삼 깨달았어.'

수채는 보이는 것보다 보이지 않는 줄의 간사함이 훨씬 더 집요하고 강력하다는 사실도 알았다. 수채는 자기도 묶여 있다고 생각했다. 그러니까 미주가 힘들 때도 근처에 갈 수도 없었던 셈이다. 부모님을 비롯하여 학교와 그 밖에도 보이지 않는 목줄이 이중 삼중 사중으로 수채를 옭아매고 있었고, 미주를 타도의 대상으로 낙인찍어 버렸다는 사실을 새삼 깨달았다. 그리고 모두가 나서서 미주를 제거해 버렸다. 갑자기 분노가 치밀었다. 그래 봤자, 반항해 봤자, 목줄에 묶인 수채가 할 수 있는 일은 아무것도 없었다.

만국기 아저씨네 집 마당에서 떠드는 소리가 고막에서 메아리쳤다. 수채가 좋아하는 돼지갈비 냄새가 코를 덮치자 뭔가 목구멍에서 치밀어 올랐다. 수채는 두리번거렸다. 뾰족한 것을 찾았다. 칼이든 돌멩이든 막대기든 뾰족한 것이 잡히면, 자기 살을 마구 찔렀을 것이다. 두근두근 박동하는 것이 진짜 심장의 움직임인지, 더불어 사는 사람과 배려 그리고 모든 생명을 따뜻한 시선으로 바라다봐야 한다고 배워 온 뇌가 정상인지 확인해 보고 싶었다. 만약 정상이 아니라면 살아갈 의미가 없다고 중얼거린다.

그때 덤덤이 뒤쪽에 뾰족한 돌멩이가 눈에 들어온다. 손을 뻗어 돌멩이를 집어 들고, 만국기 아저씨네 집에서 들려오는 어른들 노랫소리를 들으면서 손목을 내리치려는 순간이었다.

뭔가 따뜻함이 느껴진다. 처음에는 눈물인 줄 알았다가, 덤덤이의 따뜻한 혀라는 것을 알았다.

와락 덤덤이 목을 끌어안았다. 덤덤이는 이리저리 목을 돌리고, 긴 혀를 빼서 수채의 목과 볼을 핥아 준다. 수채는 개의 혀가 왜 이렇게 길어지게 되었는지 깨달았다. 개의 혀는 누군가의 눈물을 닦아 주기 위해서 그렇게 길어진 것이다.

수채는 속울음을 삼키면서, 따뜻한 배려를 가진 그 존재가 한없이 고마웠다.

"덤덤아, 걱정 마. 나 안 죽어. 난 그냥, 나 자신을 확인하고 싶었는데…… 미안 미안, 내 몸아, 미안해. 나조차 나를 믿지 못했으니, 다시는 그런 생각 안 할게."

수채는 울지 않으려고 입술을 깨물었다.

덤덤이는 계속 수채의 볼을 핥아 주었다. 덤덤이를 위로해 주려다가 오히려 위로받고야 말았다. 그렇게 얼마나 시간이 흘렀을까.

시언이 수채를 부르며 마당으로 나왔다. 이번에도 덤덤이는 시언의 손과 볼을 핥아 주었다. 시언은 미안하다고, 덤덤이의 친구들을 지켜 주지 못해서 마음이 아프다고 하였다.

수채는 자기도 모르게 중얼거리고 있었다.

"아빠, 친구를 위해서 아무것도 할 수 없으면 친구가 아니잖아? 아빠, 미주가 너무 불쌍해. 난, 앞으로 미주 같은 사람, 그런 친구 만나지 못할 거야. 그건 분명해. 그리고 이 선택을 두고두고 후회할 거야. 미주하고 멀어지게 되는 이 선택을. 그래도 미주를 잊으려고 할 거야. 그렇지 않고서는 내가 버틸 수 없으니까. 그리고 엄마랑 아빠가 그렇게 원하니까. 엄마랑 아빠는 나보다 많이 살았고, 나를 이 세상으로 불러낸 사람이니까. 제발 그 믿음이 틀리지 않기를 바라. 그게 아니면 내가 복수할 거야."

복수라는 말은 수채도 모르게 튀어나온 홍기였다. 수채는 그 말을 한 것에 대해서 사과하지 않았다. 어차피 수채는 이 모든 상황을 다 후회할 것이라고 확신했으니까. 왜 그렇게 생각하냐고 물으면 논리적으로는 대답할 수 없지만, 그건 그냥 살아 있는 한 생명으로 느끼는 감정이라고 말하고 싶다.

그날 밤 낮고 애잔한 개들의 진혼가가 밤새 울려 퍼졌다.

소두는 들개 후손이 있다는 말에 깜짝 놀랐다.

"진짜?"

수채가 울음이 가득 찬 눈으로 고개를 끄덕였다.

소두는 깊은숨을 내뱉으며 어서 가 보자고 일어섰다.

숲길은 인간의 어깨가 나뭇가지에 닿을 정도로 좁아도 바람이나 동물은 그곳으로 자유롭게 달려 다닌다. 숲길은 인간에게만 불편하다. 그만큼 길에서 인간이 멀어지고 있다는 뜻이다.

수채네 식구는 슬레이트집 돌담 앞에서 장씨 아저씨와 마주쳤다. 수채가 꾸벅 인사를 했다.

"저기 사는 사람입니다."

아저씨가 건너편 하우스 집을 눈짓하며 어설프게 웃었다. 그 웃음은 얼굴이 아니라 자글자글 끓고 있는 주름골에서 흘러나오고 있었다. 아저씨는 들개 살육 작전에 대해서는 한마디 언급도 하지 않았다. 때로는 침묵이 더 무서운 분노의 표현이라는 것을, 수채는 어렴풋이 느낄 수 있었다.

아저씨는 시언에게 어쩐 일이냐고 물었다. 그 눈빛은 시언과 소두를 마을 사람들과 한통속으로 간주하고 있었다.

소두가 강아지들 때문에 왔다고 말했다.

아저씨는 그들을 번갈아 보았다. 한참 만에 그는 마당으로 들어가더니 마루 밑을 손가락질했다.

"다행히도 강아지들은 다 살아 있어요. 근데 어미가 없으니……. 잡아서 우유라도 먹여야 살지, 가만두면 살지 못할 겁니다. 아직 너무 어리거든요."

아저씨는 갖은 수를 써서 강아지들을 잡으려고 해도 어렵다고 고개를 흔들었다. 안타깝게도 강아지들은 아저씨를 믿지 않았다. 그들의 눈에는 아저씨 역시 잔인한 악마나 다름없을 테니까. 마루 밑에는 끝을 알 수 없는 굴이 있다. 녀석들을 잡으려면 굴을 다 파헤쳐야 할 판이다.

수채네 식구는 몇 시간이나 녀석들을 쫓아다녔다. 사료와 과자로 유혹하고, 숨어 있다가 덮쳐도 잡을 수 없었다. 수채가 휘파람을 불면 강아지들이 초롱초롱한 눈망울을 내밀었다. 딱 거기까지였다.

슬레이트집 마당 한복판에서 수채네 이웃집에 사는 수박이 강아지를 핥아 주고 있었다.

수박이랑 꼭 닮은 녀석도 있다. 보더콜리인 수박이 강아지들의 아비임을 알 수 있었다.

어린것들이 젖을 달라고 수박의 겨드랑이 밑으로 파고들었다. 수박은 하늘을 보면서 울음을 토해 낸다.

수박은 먼저 가 버린 아내를 부르면서, 암캐한테만 젖줄을 허락한 신을 원망했다. 그러면서 제발 자신의 젖에서 저 어린 것들을 살려 낼 수 있는 생명의 물이 나오기를 간절히 바랐다.

수박이 갑자기 일어나서 대문 쪽으로 달려갔다. 대문 앞에는 진돗개 스타가 서 있었다. 수박은 송곳니를 드러내면서 다가오지 말라고 경고했다. 상대는 그 서슬에 놀라 저도 모르게 주춤주춤 물러난다.

보통 때라면 수박은 스타의 상대가 되지 않는다. 오늘만큼은 다르다. 강아지의 유일한 보호자인 수박의 눈빛은 죽음도 두려워하지 않을 정도로 어떤 경계를 넘어서고 있었으니까.

스타는 때에 따라서 못 이기는 척 돌아설 줄 아는 지혜를 갖고 있다. 돌아선 스타가 뒷모습을 보이자 아비인 수박의 절박한 눈빛이 흔들린다.

소두랑 시언은 그다음 날도 강아지를 잡지 못했다. 강아지가 얼마나 버틸 수 있을지 알 수 없다. 그런 생각만 하면 수채는 불안했다.

저녁 9시쯤이었다. 수채네 식구는 끔찍한 광경을 목격했다.

슬레이트집 마당으로 수박이 들어갔다. 수박은 새끼들을 불러냈다. 한 놈 한 놈 정성껏 핥아 주었다. 새끼들이 겨드랑이 밑으로 파고들자 갑자기 커다란 아가리를 벌렸다.

"깨갱, 깨개개에!"

"깨개개에에, 깨갱, 갱, 개!"

눈 깜짝할 새 끝나 버렸다. 강아지들을 입에 물고 흔들어 대자, 우드득 뼈가 부러지면서 세상이 흔들렸다. 땅에 떨어진 것들은 더 이상 움직이지 않는다. 자기 입에서 어린것들의 숨이 끊어지는 소리가 났을 텐데. 그런 고통을 씹어 삼킨 수박은 한동안 죽은 것들 옆에서 가만히 앉아 있었다. 수박은 소리 없이 울었다.

수채는 눈을 돌리다가 뒤쪽 목련나무 밑에서 담배 피우는 장씨 아저씨를 보았다. 아저씨는 죽은 강아지를 물고 어디론가 사라지는 수박을 보고 혀를 끌끌 찬다.

"강아지가 너무 어려서 어미 없이는 살 수 없고, 게다가 동
네 수캐들이 틈만 나면 와서 죽이려고 하니……. 아비가 결정
을 내린 겁니다. 시간을 끌어 봤자 강아지들만 더 힘들고, 고
통스럽게 죽어 간다는 것을 알고요."

그 말을 듣자 가슴이 뭉클뭉클 눈이 뜨거워졌다.

소두가 수채의 등을 토닥여 주었다.

"근데 우리 개가 어젯밤에 나가서 돌아오지 않네요."

아저씨는 고개를 끄덕이면서 등을 보였다. 등 뒤로 낮은 목
소리가 흘러나온다.

"갑자기 사랑하는 사람을 잃었다면, 만약 그렇다면 말이오,
맨정신으로 버틸 수 있겠소?"

수채는 울다가 사레들린 듯 재채기를 해 댔다. 뒤통수를 한
대 맞은 것처럼 멍해진다. 덤덤이가 떠돌이 개를 사랑했구나!

"그 집 개는 아키타를 좋아했어요. 아키타는 저기 호숫가에
있는 골프장 근처 카페에서 키우던 개입니다. 속사정은 모르
지만 어쨌든 버려진 개고, 늘 비를 맞고 우리 집 근처에서 얼
쩡거렸어요. 그러다가 떠돌이 개가 되었고, 그 집 개를 만나서
서로 사랑했지요. 둘은 참 잘 어울렸어요. 나는 밤마다 녀석
들이 춤추며 돌아다니는 걸 봤지요. 근데 갑자기…… 이런 비
극이……. 개들도 인간들처럼 납득할 수 있어야만 현실을 받

아들이는데, 어디 지금 현실이 그런가요? 병도 아니고, 사고도 아니고, 이게 뭡니까? 지금 상황은 신도 납득할 수 없을 겁니다……."

수채는 아무런 말도 들리지 않았다.

환상적인 선물 같은 존재, 무진이

수채는 학교에서 늘 혼자였다. 그나마 다행인 것은, 민수 패거리들이 더 이상 괴롭히지 않았다. 이제 괴롭힐 가치도 없어졌는지 모른다. 이미 수채의 존재감은 사라졌다. 아무도 신경 쓰지 않으니까, 있으나 마나 한 존재니까, 그들은 목표를 달성한 셈이다.

수채는 그들 눈에 띄지 않으려고 했다. 학교 밖에서 그들을 보면 일부러 먼 길을 돌아가고, 민수가 고물 플래닛에 타면 다음 정거장에서 내렸다. 철저하게 그를 피해 다녔다.

들개 아키타가 사라진 뒤로 외눈박이 타르트가 더 자주 찾아와서 덤덤이를 위로해 주었다. 덤덤이는 타르트가 비닐을 물고 오면 꼬리를 흔들면서 반겨 주었다. 그들은 나란히 앉아 밤새 별을 보면서 이야기했다.

수채는 타르트를 볼 때마다 덤덤이를 잘 위로해 주어서 고맙다고 말했다. 시츄인 타르트는 겉으로 자기 속마음을 잘 드러내지 않았다. 그래도 수채를 볼 때마다 잠깐 뒤돌아보면서 걱정하지 말라고 꼬리를 흔들어 주었다. 타르트는 나이가 많은 개다.

2학년 2학기도 저물어 간다. 그만큼 가을이 깊어 가고 바람도 차가워졌다.

시언이 근무하는 도서관에서 나오던 수채는 몇 번이나 몸을 떨었다. 수채는 자주 도서관에 갔다. 방과 후에는 곧장 집으로 가서 덤덤이랑 놀던 것도 들개가 사라진 후로는 조금 시들해졌다. 오늘도 도서관에서 책을 읽다가 시언이랑 같이 들어올 계획이었다. 다만 시언이 저녁에 일이 있다고 하면서 먼저 들어가라고 하자 혼자 나오게 되었다.

도서관은 주택가에 박혀 있었다. 제법 긴 골목을 지나가야만 큰길과 접속할 수 있다. 수채는 고개를 푹 숙이고 가다가 누군가의 목소리를 들었다. 민수였다. 수채는 겁 많은 참새처럼 주위를 두리번거린다.

어느새 민수가 바로 앞에 와 있었다.

"야, 사람이 불렀으면 대답을 해야지. 너 아직도 정신 못 차렸냐? 내가 작정하면 어떻게 되는지 아직도 몰라? 미주 그년이 그렇게 되는 것을 보고도 아직도 모르겠어? 그 소문들, 다 내가 만들어 낸 거야!"

수채는 못 들은 체하면서 종종걸음을 쳤다. 민수가 뒤에서 수채의 어깨를 잡아챘다. 수채의 어깨가 파르르 떨린다.

"그렇게 쫄 것까지는 없고…… 나도 너한테 별 감정 없고, 부탁 하나만 들어주라. 나 지금 급해서 그러는데, 돈 있으면 2만 원만……. 빌려 달라는 거야. 갚을게."

수채는 지갑 속에 숨겨 놓은 비상금을 떠올렸다가 얼른 고개를 흔들었다. 민수가 이런 식으로 돈을 뜯어내는 수법은 이미 다 알려진 사실이다. 한 번 그놈에게 돈을 뺏기기 시작하면, 계속 그런 일이 되풀이된다는 것도 공식화된 일이다.

수채는 돈이 없다고 고개를 흔들었다.

그 짧은 순간에 수채의 머뭇거림을 파악한 민수가 비릿하게 웃는다.

"야, 안 떼먹는다고!"

민수가 수채의 가방을 잡아챘다. 가방이 떨어지면서 수채가 주저앉았다. 순간 호루라기가 떠올랐다. 재빠르게 그것을 끄집어내서 입으로 불었다.

"호르르르륵! 호륵, 호르르르륵!"

호루라기 소리는 예상보다 컸다.

민수도 깜짝 놀랐다. 골목 끝에서 키 큰 어른이 뭐라고 소리 쳤다. 민수가 욕설을 뱉으며 십여 미터를 뛰다가 이내 포기하였다. 반대편에서도 어른들이 다가오고 있었다.

수채는 계속 호루라기를 불었다. 민수는 어른들에게 잡히자 이내 저항을 포기했다.

경찰 지구대로 온 소두와 시언은 아주 비장했다. 딸을 위해서라면 그 어떤 싸움이라도 마다하지 않겠다고 결연하게 날세운 눈빛이다. 시언은 집에 오자마자 학교 선생님인 친구들과 통화를 하여 대처 방법을 자문하고, 또 교육청에서 근무하는 지인, 경찰인 친구하고도 통화했다. 소두는 학부모 단톡방에 이 사실을 올렸다.

그날 밤 수채는 잠을 이룰 수 없었다. 갑자기 방문을 열고 민수가 나타나서 험악한 욕설을 쏟아 낼 것만 같았다.

다음 날이다. 수채는 학교에 갈 자신이 없었다. 소두가 단호하게 말했다.

"네가 학교 가지 않으면, 결국 넌 민수한테 진 거야. 알아서 해."

수채는 그 말을 한마디도 반박하지 못했다. 잘못한 게 없는데, 왜 민수가 두려울까. 어쩌면 다른 아이들 눈빛이 더 두려운지도 모른다. 수채를 동정하면서도 절대 개입하지 않고 관망하는 그 눈빛 세례가 떠오르자, 저절로 고개를 흔들면서 피하고만 싶었다. 그래도 피하면 안 된다. 수채가 가겠다고 했다. 소두가 바래다주었다.

수채가 교실로 들어갔다. 갑자기 주위가 고요해진다. 그랬을 뿐, 아무도 말을 걸지 않았다. 민수도 학교에 나왔다. 민수 패거리는 일부러 그 사실을 크게 떠벌렸다. 우리 대장은 건재할 뿐만 아니라 별일 없이 잘 넘어갈 것이라고 확신하는 말투였다.

미주의 사건을 다시 거론하는 녀석도 있었다. 그때도 미주 아버지가 노발대발했지만, 민수 아버지 안 사장이 나타나자 다 흐지부지되었다고 하면서. 미주 아버지가 거액의 합의금을 받았다는 말을 흘리는 녀석도 있었다. 이번 일이 어떻게 처리될지 내기를 하자는 녀석도 나타났다. 대부분은 수채도 미주 꼴이 날 것이라는 데에 배팅했다.

수채는 학교 북카페에서 담임 선생님과 마주 앉았다.

"수채야. 넌 착하고 아무런 문제가 없어 보이는데, 네 주위에서 왜 계속 이런 문제가 생기는지 모르겠다. 미주도 결국 너 때문에 일이 커졌고, 이번 일도 그렇고……."

순간적으로 원죄라는 가시가 수채의 가슴속에서 꿈틀거린다. 모든 문제가 자기 때문에 생겨났다고 하는 것만 같아서 수채는 선생님의 눈빛이 무서웠다.

수채는 학교가 이 문제를 해결할 능력이 없다는 것도 잘 알고 있었다. 미주 일 때문만은 아니다. 초등학교 때부터 이런 일은 흔했다. 그때마다 학교는 어떻게 해서든 빠르게 사건을 덮으려고 했다. 수채도 그렇게 되기를 바랐다. 민수가 어떻게 되든 그건 관심 없다. 다만 이렇게 모두의 관심을 받는 시간이 어서 지나가기만을 바랐다.

학기 초에 몇몇 학생들이 선생님을 보고 사명감이 있어 보인다고 할 때도, 수채는 선생님의 말과 눈빛이 현실과 멀리 떨어져 있다고 판단했다. 마치 보이지 않는 신을 들먹이면서, 그것만 믿으면 모든 일이 다 잘 풀린다는 어법과 비슷하다는 느낌이랄까.

인간이 시간을 보낸다는 것은 실제적이다.

더구나 학생들의 시간은 너무나도 실제적이다.

민수 아버지 안 사장은 몇 번이나 소두와 시언을 만나려고 했다. 그때마다 두 사람은 거절했다. 소두는 학교 측에 민수의 전학을 요구했다. 학교는 잘 알았다고 해 놓고도 학부모들끼리 만나서 잘 합의하라는 식으로 말꼬리를 흐렸다.

학부모들은 민수 어머니를 배 교수라고 불렀다. 시간강사여도 같은 학부모니까 그렇게 예우해 준 셈이다. 배 교수는 학부모 모임에 나와도 워낙 말수가 적고 점잖은 인상이라서 다들 어려워했다. 배 교수는 큰 키에 잘 다듬어진 근육질 체형으로 운동선수를 연상시켰다. 키가 작은 민수하고는 달라도 너무 달랐다.

배 교수는 강제 전학만 빼고 모든 징계 사항을 다 받아들이겠다고 했다. 민수는 초등학교 때 두 번이나 전학을 간 적이 있었다. 다 강제 전학이다. 그러니 이제 더 이상 갈 곳이 없다고 하면서, 한 번만 아량을 베풀어 달라고 간청했다. 만약 또다시 이와 비슷한 일이 생기면 그때는 자퇴를 시키겠다고 배수의 진을 쳤다.

소두와 시언은 며칠 동안 고민했다. 딸을 위해서는 멀리 강제 전학을 보내는 것이 가장 좋은 방법이지만, 아이의 미래를 들먹이면서 간절히 부탁하는 배 교수를 무시할 수도 없었다. 학부모들 의견도 그렇게 기울고 있었다. 아무리 미워도 민수는 살아가야 할 미래였으니까.

소두와 시언은 민수가 학교를 그만두게 된다면, 꼭 안락사 시키는 기분이 들 것 같았다. 이상하게도 그랬다. 두 사람은 아이의 미래를 위해 강제 전학을 요구하지 않기로 했다.

수채에게도 설명하고 동의를 구했다. 수채는 상관없다고 했다. 민수는 3개월간 학교에 나오지 못했다. 봉사활동을 하며 심리치료를 받아야 하는 징계가 내려졌다.

민수가 징계를 받자, 아이들 분위기가 묘하게 변했다. 아이들은 이 정도 징계조차 예상하지 못했다. 특히 민수 패거리 분위기가 달라졌다. 처음에는 믿을 수 없다면서 받아들이지 않다가, 어느 순간부턴지 현실을 인정하면서 지금까지 민수의 무시무시한 폭력 속에서 떨어 온 자신들을 반성하기 시작했다. 그들은 민수의 아성을 전복시키고 싶은 욕망을 공공연하게 드러냈다. 민수에 대한 비판은, 그를 가장 잘 따랐던 무리에서부터 시작되었다. 그 반란은 급속하게 번져 나갔다.

패거리 중 몇몇이 수채를 찾아와서 지난날을 사과했다. 당연히 모든 책임을 민수에게 떠넘겼다. 이제 민수의 시대는 저물었다고 과장되게 떠벌렸다. 은근히 민수를 아웃시킨 수채가 대단하다고 치켜세우는 아이도 있었다.

수채는 그저 쓴웃음만 나올 뿐이었다.

그들의 비겁함은 수채를 조금도 위로해 주지 않았다. 그들이 미주에 대한 사과만 했더라도, 뭔가 달라졌을지도 모른다.

덤덤이는 예전처럼 꼬리를 말고 마당을 신나게 뛰어다니지 않았다. 슬레이트집 근처에도 가지 않았다. 그날의 아픔을 잊지 못하고 있음을 알 수 있었다. 그냥 겉으로 괜찮은 척하고 있을 뿐이다. 괜찮은 척을 할 정도면 그래도 안심할 수 있었다.

수채도 그런 상태였다. 채 소장은 소두한테 다 지나가니까 너무 걱정하지 말라고 했다. 다 지나간다는 말은, 어떤 아픔이다 사라진다는 게 아니다. 그냥 겉으로 괜찮은 척할 수 있는 상태, 그 정도를 말하는 거다. 채 소장은 수채를 보고 그렇게 판단했다.

어쩌면 우린 모두 다 괜찮은 척하면서 살아가고 있을지도 모른다. 그 속을 들여다보면 다들 괜찮지 않을 텐데도 말이다. 채 소장이 그렇게 말하자, 소두는 억지로 고개를 끄덕였다.

언제부턴지 수채도 숲길을 산책하고 싶지 않았다.

오늘은 큰맘을 먹고, 마을에서 1km쯤 떨어진 공원 쪽으로 갔다. 골프장을 지나 하천가로 이어진 길은 처음이다. 지금까지 다른 개들하고 관계를 잘 맺고 살아와서 그런지 덤덤이는 별문제가 없었다. 종종 마주치는 반려견들이 다가와도 특유의 순한 눈빛으로 편안하게 말을 주고받았다. 적막한 숲속보다 이렇게 개들이 많은 하천길이 더 나을 거라고 확신했다.

누군가 수채를 불렀다. 수채는 깜짝 놀라며 몸을 웅크렸다. 햇살이 쏟아지면서 무엇이든 다 반짝반짝 빛나게 했으니, 빨간 모자를 쓴 아이 얼굴도 빛났다. 그래서인지 상대를 알아볼 수 없었다. 한참 뒤에 얼굴을 확인했다.

같은 반 무진이다. 무진이는 에어데일테리어라는 큰 개를 끌고 왔다. 큰산이라는 이름을 가진 개는 덤덤이를 보자마자 꼬리를 흔들면서 반갑다고 인사했다. 둘은 금세 친해졌다. 수채는 그런 개들을 보다 다시 무진이를 보았다. 참으로 묘한 일이다. 무진이랑 눈이 마주치자 목줄을 잡은 손이 떨린다. 이게 뭐지? 당황스럽다.

수채는 약간 고개를 숙이고는 가만히 상대를 흘겨본다.

"야아, 여기서 수채 너를 만나다니 대박이다. 난, 날마다 여기서 개 산책시키는데……."

무진이는 별명이 바람둥이였으니까, 싫어하는 여자들이 많은 게 사실이다. 웬만한 여자들보다 더 예쁘게 보이는 얼굴이랄까. 수채는 예쁜 남자를 좋아하지 않는다. 당연히 무진이한테 관심이 없다. 그랬으니 갑자기 떨림 현상이 강해지자 진짜 당황했다.

"너희 개 참 예쁘다. 꼬리랑 얼굴이 여우랑 비슷하게 생겼어. 근데 좀 말랐다."

수채는 무진이 말을 듣고도 할 말이 없어서 한동안 듣기만 하다가, 큰산이가 수캐냐고 간신히 물었다. 무진이는 큰산이가 중성화 수술을 받았다고 말을 흐렸다.

수채는 중성화 수술에 대해서 부정적이다. 인간이 개를 키우기 쉽게 하려고, 자기들 맘대로 중성화 수술을 한다는 것 자체가 폭력적이지 않은가. 그래서인지 덤덤이랑 같이 놀고 있는 큰산이가 불쌍해 보인다.

헤어질 때쯤 무진이가 조심스럽게 말했다.

"수채야, 조심해. 민수가 벼르고 있으니까. 난 작년에 그놈이랑 짝꿍이었어. 그러니 잘 알지. 이번에도 나한테 연락 왔어. 너를 비롯해서, 자신을 배신한 놈들까지 가만두지 않겠다고."

무진이는 아주 환상적인 선물 같은 존재다. 뭔가 특별하기도 하고, 어색하기도 했다. 남자란 그런 존재였다. 어느 순간부턴가 오히려 여자들보다 더 편해졌다.

수채는 날마다 덤덤이를 데리고 하천길로 나갔다.

무진이는 큰산이와 같이 기다려 주었다.

무진이를 만나면 마음이 너무 평화로워서, 그런 시간이 불안할 정도였다. 수채는 미주에 대한 이야기도 끄집어냈다. 무진이는 철저하게 방관자로서 아무런 말도 하지 못한 자신을 부끄러워했고, 미주가 어디에서건 잘 살았으면 좋겠다고 진심으로 말했다. 수채는 미주가 얼마나 특별한 친구였는지 일부러 강조했다. 그러고 싶었다. 무진이는 가만히 듣고 있다가, 다소 묘한 표정을 짓기도 하였다.

"수채 네가 정말 좋아하는 친구였구나!"

무진이는 미주가 그렇게 어처구니없는 징계를 받을 만큼 나쁜 아이가 아니라는 사실에는 동의하나, 그렇다고 해서 수채의 말에 전적으로 동의한다는 뜻은 아니었다. 그러니까 미주는 겉으로 봐서는 알 수 없는 세상이었고, 반드시 일정 시간을 같이 지내야만 알 수 있는 세상이었다.

그런 측면에서 무진이라는 존재도 비슷했다. 누구나 멀리서 보면 선입견을 갖지 않을 수 없는데, 같이 지내는 시간이 많아질수록 상상도 할 수 없었던 그 마음의 색채가 드러났다. 그러니 시간이 지나면 지날수록 수채는 무진이라는 세상 속으로 빠져들고 있었다. 무진이의 생일인 크리스마스이브 저녁에는 그 말을 내뱉고야 말았다.

"널 알게 된 게 행운이야."

순간 사랑한다고 고백이라도 한 듯 온몸이 달아올랐다.

수채네 아랫집에 사는 만국기 아저씨는 들개들을 전멸시킨 주범이다. 당연히 수채는 그 아저씨를 싫어했다. 그 집 개들도 좋아하지 않았다. 유일하게 마을에서 상대하고 싶지 않은 개들이다. 그런 감정이 얼굴에 드러나는 모양이다. 그 개들도 수채를 싫어했다. 그 집을 지나치기만 해도 시끄럽게 짖어 댔다.

만국기 아저씨는 풍산개 잡종인 인절미와 핫도그를 자주 집 밖에 풀어놓았다. 원래 그 개들은 집 안에서 살았다. 개들은 귀족티가 날 정도로 몸이 깨끗했다. 만국기 아저씨의 아들과 딸이 끔찍하게 개들을 돌봤다.

인절미와 핫도그는 수채네 집까지 와서 마구 짖어 댔다. 인간인 수채야 그렇다 쳐도, 같은 개인 덤덤이한테도 마구 짖어 됐다. 그 개들은 다른 개들하고도 어울리지 않았다.

한 번은 이웃집 로또가 녀석들한테 다가가서 같이 놀자고 살갑게 말했다. 인절미가 싫다고 사납게 으르렁거렸다. 로또가 물러서지 않자 갑자기 핫도그가 달려들어 로또의 발을 물어뜯었다. 화가 난 로또가 반격하자 인절미까지 합세하여 공격했다. 로또는 온몸이 피투성이가 되었다.

인절미랑 핫도그가 유일하게 두려워하는 것은 진돗개 스타뿐이다. 스타는 그들이 사납게 짖어 대도 절대 감정적으로 대하지 않았고, 다 같이 친하게 지내자고 상대를 달랬다. 스타는 힘으로도 밀리지 않았기 때문에 녀석들도 공격하지 못했다. 대신 스타만 오면 자기네 집으로 달아난 다음, 뭐 그런 식으로 소리쳤다.

"우린 너희랑 달라. 우린 집 안에서 사는 개야. 인간이랑 동급이라고. 너희들처럼 마당에서 허접하게 사는 것들하고 차원이 다르다는 말씀!"

그들은 마을 개들보다 자신들을 키워 준 만국기 아저씨네 식구를 더 좋아했다. 그래야만 인간에게 귀여움받으면서 오래오래 살아갈 수 있을 테니까. 어쩌면 인절미랑 핫도그는 자신들이 개가 아니라 인간이라고 생각할지도 모른다.

누군가를 좋아한다는 것

수채는 중학교 3학년이 되었다. 민수는 2학년으로 유급되었다. 다행스럽게도 3학년 교실이 멀리 떨어져 있어서 마주치는 일은 거의 없었다. 그뿐 아니다. 민수는 학교에 올 때도 고물 플래닛을 타지 않았다. 무슨 이유인지 몰라도 그의 아버지 안 사장이 교문까지 꼬박꼬박 민수를 배달(아이들이 그렇게 표현했다)시켰다. 민수는 교실에 들어가서 누구와도 눈을 맞추지 않았다. 한 살 아래 후배들과 생활하니까, 그럴 수밖에 없을 거라고 무진이가 추측했다. 수채는 남자친구의 존재가 이렇게 든든할 줄은 몰랐다. 가끔은 무진이가 부모님보다도 더 든든했으니까.

봄이란 바람과 햇살의 굿판이다. 나무나 인간처럼 큰 것들은 바람의 눈치를 더 보고, 풀이나 새처럼 작은 것들은 햇살의 눈치를 더 살핀다. 바람과 햇살을 화해시킬 수 있는 것은 봄꽃들뿐이다. 봄꽃이 그토록 아름답게 강림하는 것은, 바람과 햇살을 잘 달래서 봄을 무사히 여름으로 넘겨주어야 하기 때문이다.

봄꽃들이 운동장 구석구석에서 쏟아져 나오던 3월 마지막 주 월요일이다.

3학년 때 다른 반이 된 서연이가 불쑥 수채를 복도로 불러냈다. 서연이는 수채 얼굴을 조목조목 뜯어보고는 예뻐졌다고 하면서 연애하냐고 불쑥 물었다. 괜히 열이 올랐다. 조금만 수채를 유심히 보았다면 볼이 발개지면서 당황하는 빛을 포착했으리라. 다행스럽게도 서연이는 이내 눈길을 돌렸다. 서연이는 천천히 지나간 시간을 더듬는 눈빛이다.

"너랑 그동안 서먹서먹했다. 그치만 난 달라진 거 없어. 수채 너도 그렇잖아? 늘 어딘가에, 내 생각대로 가만히 있는 아이. 난 늘 네 생각 많이 했어. 작년 그 양아치들 때문에 힘들어할 때도 그랬어. 어쨌든 친구로서 미안해. 나라도 더 챙겼어야 하는데."

서연이는 짧은 순간에도 여러 가지 표정으로 자기 속마음을 드러낸다. 수채는 대체 왜 이럴까 하고 긴장했다. 도무지 예측할 수 없는 아이다. 수채는 민수만큼이나 서연이가 두려울 때도 있었다. 특히 미주하고의 관계를 정리하라고 충고하면서 돌아서던 그 뒷모습을 떠올리면 지금도 정수리가 서늘해진다.

서연이가 불쑥 미주 이야기를 꺼냈다.

"너, 아직도 미주랑 연락하니?"

순간 급소를 맞은 기분이다. 수채는 일부러 강하게 고개를 흔들었다.

"그럴 줄 알았어. 미주 전학 간 학교에 내 친구가 있거든. 그래서 미주 소식을 간간이 들었는데, 이번에 학교 그만뒀다고 하더라. 뻔하지. 또 사고쳤겠지."

순간 왜 서연이가 이렇게 미주를 싫어하는지 묻고 싶었다. 미주는 서연이를 부정적으로 언급한 적이 한 번도 없으니까.

"이번 주 토요일 내 생일이야. 우리 집 이사했어. 새로 집 지어서 이사한 거야. 그래서 엄마가 친구들 초대해도 된다고 해서⋯⋯."

아, 그제야 서연이가 찾아온 이유를 알았다. 서연이는 남은 중학교 1년 친하게 지내자고 하면서, 다른 친구들한테도 이미 수채 이야기를 하였다고 언급했다. 모두 수채를 환영한다고도 덧붙였다. 그러면서도 살짝 웃고는 알 수 없는 눈빛을 지었다.

수채가 그 이야기를 무진이한테 했더니 대뜸 잘됐다고 하였다.

"3학년 여학생 중에서는 대세들이 다 몰려 있네. 전교 1등도 있고, 전교 회장도 있고, 반장도 있고…….”

수채는 전교 1등이든 전교 회장이든 관심 없다고 하다가, 불현듯 미주의 말이 떠올라서 이렇게 말을 비틀었다.

“난 그냥 오는 사람 안 막고, 가는 사람 안 막아. 그런 거지, 어떤 목적을 가지고 걔들이랑 어울리지는 않아.”

참으로 이상하게도 수채는 무진이 앞에서는 수다쟁이가 되었다. 몸속에 수백 마리 참새가 살고 있는 기분이다. 무진이는 그런 수채를 보면서, 이렇게 자분자분 말할 때가 가장 예쁘다고 눈에다 힘을 주었다.

“연극배우를 보는 것 같아. 시시각각 얼굴이 변하고, 약간 과장되게 몸짓까지 하면서 말할 때 보면, 네 몸에서 온갖 바람이 돌아다니는 것 같아. 근데 평소에는 너무 말이 없는 게 전혀 다른 사람 같아.”

수채도 자신을 알 수가 없었다. 자신이 낯설 정도로 수다쟁이가 되는 것도 나쁘지 않았다.

봄이 되자 수박이랑 사과네 집으로 사람들 관심이 쏠렸다.

그 집 아저씨는 초등학교 선생님이다. 그분은 보더콜리가 개 중에서 가장 지능 지수가 높다고 확신했다. 사과가 강아지를 낳으면 역시 보더콜리 순혈주의를 고수하면서 잘 키우겠다고 서약을 한 사람한테만 분양하겠다고 했다. 그런데 밤마다 진돗개 스타가 사과를 꼬드기자 그분이 불안해하기 시작했다. 그분이 스타네 집에 가서 말했다.

"박 사장님, 스타가 밤마다 우리 집에 오는 거 알죠? 제발 묶어 놓으세요. 만약 스타가 우리 개랑 짝짓기하면 가만두지 않겠습니다. 이거 진짜 농담 아닙니다."

중소기업을 운영하는 박 사장은 뽀글뽀글한 머리에다 늘 까만 선글라스를 쓰고 다녔다.

박 사장은 알겠다고 하고는 선생님이 돌아가자마자 콧방귀부터 뀌었다.

"아니, 알 만한 사람이 왜 저러는지 모르겠어. 개들이 자유롭게 만나서 사랑을 하는 것이야 너무나도 자연스러운 일이 아닌가. 왜 인간이 나서서 저러는지 모르겠어. 인간이 너무 개들의 삶에 개입하고 있는 것여."

박 사장은 스타를 보고는 엄지손가락을 추켜세웠다.

"우리 스타만큼 잘생기고 건강한 수캐를 보기도 힘들 것여."

그 뒤로도 박 사장은 스타를 묶어 놓지 않았다.

이웃집 선생님도 가만히 있지 않았다. 찾아가서 더 큰 목소리로 따졌다.

"박 사장님, 진짜 빈말 아닙니다! 우리는 스타를 원치 않으니까, 묶어서 키우십시오."

박 사장은 알았다고만 하고 여전히 스타를 묶어 놓지 않았다.

비 내린 뒤의 고요는, 태초에 세상이 열리던 순간을 재현하는 것 같다. 그 고요 속에서 온갖 생명이 환생한다. 바람은 씨앗을 뿌리는 손을 갖고 있다. 바람은 비가 오기 전에 바쁘게 뛰어다니다가, 비가 그치면 그 고요함을 즐긴다. 생명의 환생을 기다리는 고요함은 성스럽다.

수채는 비가 지나간 숲을 바라보다가 이웃집 선생님의 말소리를 들었다. 수박을 불러내서, 말썽꾸러기 아이를 혼내듯이 잔소리를 퍼붓는 중이다.

"수박아, 널 어떻게 이해하니? 사과는 네 마누라잖아? 그럼 네가 지켜 주고 보호해 주고, 다른 수캐들이 오면 쫓아내야지. 근데 왜 보고만 있냐고? 네 마누라가, 다른 수캐들이랑 놀아나고 있는 거잖아? 근데 어떻게 그냥 보고만 있냐고! 너도 그동안 마누라를 두고 엄청 바람피웠지? 그래서 사과한테 버림받았니? 혹시 그런 거니?"

수채는 고개를 갸우뚱했다. 수박이 사과의 남편인 게 맞을까. 그럴까. 그건 사람들이 일방적으로 정해 준 것일 뿐, 둘은 다를 수 있지 않을까.

"사과야, 넌 왜 남편을 놔두고 외간 남자랑 놀아나니? 스타 그놈이 뭐가 좋다고! 그놈은 똥개야! 너하고 근본이 다른 개라고! 물론 네 맘도 이해는 된다. 수박이가 마누라를 두고 허구한 날 들개하고 바람피우고 돌아다녔으니 속이 상했겠지.

그래도 이건 아니잖아? 너희 보더콜리들은 다른 종하고는 짝 짓기를 안 해. 그러니까 사과야, 어서 정신 차려!"

아무리 그래도 둘의 마음은 변하지 않았다. 수박은 사과한 테는 관심이 없고, 밤이 되면 스타가 찾아왔다. 이웃집 선생님 은 쇠울타리를 치고, 문까지 잠갔다. 스타는 불이 꺼지면 바람 으로 변해서 울타리를 넘어갔다.

수채는 날마다 그들이 만나는 풍경을 보았다. 수채의 방에 서는 커튼만 젖히면 사과랑 수박이 사는 마당이 보인다.

사과는 큰길이 잘 보이는 마당 끝에서 스타를 기다린다.

수박은 자기 집에서 스타가 오든 말든 상관하지 않고 코를 골았다. 스타가 나타나면 사과는 폴딱폴딱 뛰고, 곧 스타가 울 타리를 소리 없이 넘었다. 어떤 간절함이 육중한 몸을 가볍게 부양시켰다. 아마도 사과가 달나라에 있었다면 스타는 거기 까지 갔을 것이다.

스타는 쇠울타리를 넘은 뒤에도 계속 선생님 방을 살폈다. 선생님이 숨어 있을 법한 곳들을 몇 번 점검하고서야 사과랑 춤을 추었다. 네 발로 춤을 추면서 다양한 몸짓을 표현했다. 인간의 춤이 누군가에게 보여 주기 위한 동작이라면, 그들의 춤은 서로에게 감동을 주기 위한 주술적인 속삭임이다.

넓은 마당이 그들의 무대였다. 그들은 지치도록 춤을 추고 나서야 서로 볼을 핥아 주었다. 말없이, 서로의 몸을 핥아 주고, 냄새를 맡았다.

그러거나 말거나 수박은 계속 코를 골았다. 수채는 그런 장면을 보면서 사과랑 수박이 사랑하는 사이가 아님을 확신했다. 사과랑 수박은 같은 보더콜리 종이고, 부부가 되라고 강제로 인간이 맺어 준 인연이다. 보통 이런 경우 자연스럽게 부부가 되는 법이거늘, 어찌 된 영문인지 몰라도 둘은 예측에서 이탈해 버렸다. 그러니 아무리 선생님이 수박을 타박한들 무슨 소용이 있겠는가.

수채는 암묵적으로 그들을 지지했다. 그들의 사랑이 행복한 결과로 이어지기를 바랐다.

수채는 슬레이트집 뒤쪽 숲에 숨어 있는 진달래 바위를 바라다보았다. 그 바위 밑으로 가고 싶은 충동은 조금도 끓지 않았다. 더 자세히 보려고 잔가지들을 손으로 밀어내지도 않았다. 보일 듯 말 듯한 그 색의 번짐이 느껴지는 순간부터 연분홍은 점점 더 선명해졌다. 이제야 비로소 색의 진정성을 읽었다.

어차피 색이란 다 거짓이다. 햇볕의 연출일 뿐이다. 그러니까 햇볕이 없어도 색을 마음으로 느낄 수 있어야 한다. 다른 색은 몰라도, 그 바위에 사는 진달래만큼은 눈에 의존하지 않고도 색을 읽어 낼 수 있었다. 이제는 그 색을 누군가에게 보여 주거나 알려 주고 싶은 갈망도 없었다. 무진이한테도 굳이 언급하지 않았다. 이성 친구로서 어떤 경계를 지나 편안해진다면, 그럴 때 찾아온 봄을 자연스럽게 따라가면서 그 꿈같은 바위를 무진이에게 보여 주고 싶다.

그런 생각을 품자, 오늘 하루만이라도 이곳에서 모든 걸 놓아 버리고 놀고 싶다. 하지만 자꾸만 날아오는 친구들 카톡 알람 소리에 놀라면서 장씨 아저씨네 하우스 집을 쳐다보았다. 갑자기 그 집에서 민수가 뛰쳐나올 것만 같은 불안이 엄습했다.

수채는 서둘러 집으로 가서 외출 준비를 하였다. 오늘은 서연이 생일파티가 있는 날이다.

소두가 수채의 옷차림이 봄날하고 잘 어울린다고 웃으며 덧붙였다.

"너 연애한다며? 근데, 그걸 너한테 듣지 않고, 이렇게 다른 사람한테 들어야 하니? 그 정도는 말해 줄 수 있잖아?"

이상하게도 수채는 비밀스럽게 가꾸어 온 자기만의 꽃밭을 소두한테 들켜 버린 기분이다. 소두 입장에서는 서운할 수도 있다. 수채도 마찬가지다. 이럴 땐 모른 체하면서 기다려 줄 수 없었을까. 시간이 흐르고 둘의 관계가 어느 정도 안정되면, 그때는 꽃이 피듯이 수줍게 말할 수도 있었을 텐데. 수채는 오히려 그렇게 되묻고 싶다.

수채는 소두한테 뭐라 반박할 수 없어서, 그냥 미안하다고 눈을 피했다. 소두는 수채의 말을 듣자마자 목소리의 무게를 삽시간에 몇 체급이나 올렸다.

"근데 하필, 걔냐? 무진이 걔는, 중학교 1학년 때부터 유명했잖아? 여자 꼬드기는 선수라고, 무진이는 어쩐지 진정성이 없어 보이고, 너무 가벼워 보이고……."

수채가 내뱉는 한숨의 무게도 돌덩이나 다름없었다.

하아, 그래서 어쩌라고? 그게 뭐 어때서? 그게 왜? 지금 나랑 무진이는 아무런 문제도 없는데, 그러면 된 것이지. 과거에 무진이가 여자들을 많이 사귄 게 무슨 문제가 될까?

수채는 소두에 대한 반감이 부글부글 끓어올랐다. 그래도 참았다. 소두를 건드려서는 좋을 게 없으니까.

수채는 무진이에 대한 선입견이 많을 수밖에 없다는 점을 인정했다. 그러나 실제 사귀어 보니 그는 착하고 좋은 점이 많다는 말도 덧붙였다.

소두는 그런 수채를 쳐다보다가 팔짱을 끼고 입술을 만지작거린다. 그만큼 신중해졌다. 소두의 한숨은 짧고 깊다.

"아주 푹 빠졌구나! 야아, 무진이가 대단한 놈이구나! 우리 딸을 이렇게 푹 빠트리고……. 이건 정말 엄마가 전혀 예상하지 못했던 일이다. 왜 하필이면 그놈이니? 그놈이랑 사귄 애들 중에서 좋게 끝난 경우가 없잖아?"

엄마, 내가 개야? 하마터면 수채는 소두한테 그렇게 물을 뻔했다. 진짜 엄마와 딸 사이가 맞냐고, 개와 인간처럼 주종관계가 아니냐고 물을 뻔한 걸 가까스로 참아 냈다. 그만큼 분노가 치밀었다. 요즘 들어 수채는 하루하루가 아까울 정도로 즐겁고, 온몸에서 봄풀이 돋아나는 것처럼 활기가 넘친다. 엄마가 왜 그걸 몰라주는지 모르겠다.

무진이는 누구나 훈남으로 느끼겠지만, 그것보다도 아련히 쳐다볼 때 어떤 간절한 떨림이 느껴진다. 그 떨림을 느끼는 순간 가슴속 경계가 한순간 사라지고, 그 떨림과 떨림으로 그에게 다가갔다. 그것을 어떻게 엄마한테 표현할 수 있단 말인가. 분명한 것은 남자친구마저 마음대로 사귀지 못한다면, 이웃집 선생님네 개들이랑 뭐가 다를까. 묘한 박탈감이 수채를 흔들었다. 가슴속에서 무엇인가 터지는 것 같다.

"그래서 어쩌라고! 난 무진이가 좋아! 중학교 생활 중에서 지금이 가장 안정적이고, 가장 좋다고! 근데 어쩌라고! 진짜 어쩌라고!"

소두도 지지 않았다.

"야, 걱정되니까 그렇지, 걱정되니까! 왜 하필이면 그놈이야, 왜 하필이면!"

졌다! 수채는 고개를 떨궜다. 소두가 뭐라고 더 소리쳤다. 와글와글 속울음이 차올랐다.

집을 나설 때 무진이한테서 전화가 왔다.

"미안해, 나 너무 우울해서 오래 통화는 못 해."

무진이는 왜 그러냐고 물었다. 수채가 대충 상황을 설명했다.

"무진아, 난 개가 된 것 같아. 아니 개보다 못한 존재! 내 맘대로 남자친구도 선택할 수 없는 존재!"

무진이 목소리가 떨렸다.

"수채야, 아무리 그래도 개가 되었다는 말은 하지 마. 그건 너무 슬프다."

수채는 서연이네 집에 가서도 그런 감정을 털어 낼 수가 없었다. 왜 그런지 몰라도, 거기에 모인 네 명의 여자들이 서연이가 키우는 개로 보였다. 그녀들은 모두 서연이 눈치를 보았고, 서연이 눈빛이나 말에 따라서 표정 변화가 심하게 요동쳤다.

소두가 무진이를 험담하면 할수록 이상하게도 이웃집 사과가 떠올랐다. 수채는 꼭 이웃집 사과가 된 기분이었다.

지난주에 이웃집 선생님이 사과를 데리고 동물병원에 가서 임신 검사를 했다. 놀랍게도 임신이었다. 벌써 한 달 정도 되었다. 이웃집 선생님은 단 1초도 망설이지 않고 사과를 낙태시키기로 했다. 의사는 수술하지 않고 약물로 어린 새끼를 녹여서 몸 밖으로 배출하는 방법이 있다고 알려 주었다.

약을 먹은 사과는 종일 아무것도 먹지 않았다. 수채를 봐도 멍 때리고 있을 뿐, 꼬리도 흔들지 않았다. 얼마나 힘들면 그럴까. 수채는 여자라서 그런지 더 가슴이 떨리고 무서웠다.

밤에 스타가 찾아와도 반갑게 맞이하지 않았다. 아기를 지켜 주지 못하는 스타를 원망하는 것 같았다. 스타는 꼬리를 내리고 패잔병 걸음으로 터덜터덜 사라졌다.

사실 스타가 할 수 있는 일은 아무것도 없었다. 인간들 집에서 사는 개니까, 자기 맘대로 할 수도 없고 개로 태어난 운명을 슬퍼할 수밖에 없다.

아침에 눈을 뜨자마자 덤덤이가 울었다. 수채가 나가서 달래도 멈추지 않았다. 고개를 사과네 집 쪽으로 돌리고 휘파람 같은 소리로 "우우우!" 하고 울부짖었다.

사과가 마당가에다 무엇인가를 토해 낸다. 살덩어리였다. 죽은 생명!

수채는 손으로 입을 막았다. 그것을 입으로 토해 낼 줄은 꿈에도 몰랐다. 인간이 만든 강력한 약이 어린 생명을 녹여서 항문으로 밀어낼 줄 알았는데, 입으로 나오는 그것을 보고는 저절로 눈이 감겼다.

"아, 이것은 어미한테 마지막 과정을 책임지라는 뜻이구나!"

순간 울음이 터졌다. 어이없게도 소두가 떠오르며 그 품에 안기고 싶었다. 왜 하필 소두가 떠올랐는지 모르겠다. 수채는 요즘 소두랑 거의 말도 하지 않았다.

사과는 자신이 토한 핏덩이를 입에 물고 집을 나갔다. 덤덤이가 하늘을 보고 울어 대고, 다른 개들도 울어 댔다. 개들은 어린 아기의 죽음을 그렇게 애도하고 있었다. 어미인 사과는 담담하게 뒷산 숲으로 갔다. 품에 안거나 등에 업지 않았지만, 죽은 생명의 무게는 다 똑같았을 것이다.

사과는 뒷산 아름드리 참나무 밑을 발로 파고 코로 묻었다. 호미나 삽도 아니고, 개들의 감각 중에서 가장 발달했다는 코와 입으로 아기의 냄새와 영혼을 묻었다.

몰래 지켜보던 수채는 터덜터덜 내려왔다.

뒷산 숲에서 어미의 울부짖는 소리가 메아리쳤다.

"우우우! 우우우!"

개들의 휘파람 소리. 그것은 신이 읊조리는 주술적인 주문 소리였으리라. 억울하게 죽은 어린 목숨을 위로하는 노래.

수채는 갑자기 여자라는 사실이 답답해졌다. 남자들도 이런 고민을 할까. 왜 여자만 이런 고민을 해야만 할까. 왜 사과만 저런 고통을 받아야 할까. 스타도 저런 아픔을 알고 느끼고 있을까.

그날 밤 소두가 이렇게 말했다. 나무가 몸속에서 꽃을 피워 세상으로 내보내듯, 동물도 꽃을 피워 세상으로 내보내는데, 그것이 바로 아기들이라고.

장마가 시작된다고 기상청이 요란하게 떠들어 대던 날이다.

토요일이라 집에서 늦잠에 빠져 있다가 일어났더니 서연이에게서 전화가 왔다. 서연이는 불쑥 오늘 집에 가도 되냐고 물었다. 수채는 정신이 번쩍 들었다. 1학년 때 미주도 그랬고 서연이도 급하게 오겠다고 통보를 하니, 우연치고는 너무 이상했다. 서연이는 덤덤이가 보고 싶어서 그러니까 부담 갖지 말라고 하였다. 그런 이유까지도 미주랑 판박이였다. 수채는 엄마한테 물어보고 대답을 하겠다고 전화를 끊었다.

놀랍게도 소두는 서연이라는 말에, 뒷이야기는 들어 보지도 않고 고개부터 끄덕였다. 미주가 오겠다고 할 때하고는 전혀 달랐다.

"안 그래도 얼마 전에 서연이네 집에서 학부모 반 모임을 했거든. 그래서 엄마가 서연이보고 한번 놀러 오라고 했어. 그래서 오는 모양이다."

만약 그게 사실이라면, 서연이는 소두의 손님이 되어야 하지 않을까. 수채는 그렇게 중얼거리면서 불만스러운 눈빛을 소두한테 쏘아 댔다. 소두는 그런 눈빛을 피하면서, 앞으로 자주 친구들을 데리고 오라는 형식적인 말로 이 어색한 순간을 피해 갔다.

서연이는 대문 앞까지 와서 수채를 불렀고, 기다렸다는 듯이 소두가 뛰쳐나가서 마중했다. 서연이는 곧장 부엌으로 가서 소두하고 한바탕 수다를 떨었다.

"제가 뭐 도울 일 없을까요? 저 음식 만드는 거 좋아하거든 요."

소두는 우리 딸도 서연이처럼 살가웠으면 좋겠다는 말을 몇 번이나 되풀이했다. 소두랑 서연이는 죽이 잘 맞았다. 서연이 가 대단하다고 해야 하는지, 아니면 딸 또래한테 비위를 맞추 는 소두가 대단하다고 해야 하는지, 수채는 한동안 헷갈렸다.

아무튼 서연이는 모든 엄마들이 좋아할 상이다.

아, 그러고 보니까 선생님들도 좋아한다. 공부도 잘하고, 전 교 회장이라는 감투까지 쓰고 있으니, 어찌 보면 당연했다.

서연이는 어딜 가든 인정받으면서 살아갈 것이다. 특유의 붙임성을 밑바닥에 깔고 있고, 누구든 두려움 없이 부딪히는 묘한 힘도 갖고 있다. 그것이 가장 큰 매력이다. 적어도 그런 성격만큼은 수채도 부러웠다. 소두가 차려 준 근사한 점심을 먹자마자 서연이는 밖으로 나가 덤덤이를 불렀다. 덤덤이랑 사진을 찍은 다음 산책을 나갔다.

"너 무진이 좋아하니?"

1시간 만에 돌아온 서연이는 수채의 방으로 가자마자 불쑥 물었다. 수채와 서연이의 눈이 마주쳤다. 서연이 눈빛이 심하 게 흔들렸다. 그렇구나! 아무리 둔한 사람이라도 알 수 있는 눈빛이었다. 그제야 수채는 서연이가 생일날 초대한 이유를 알았다. 서연이는 매사에 확실한 사람이다. 무진이도 그런 말을 했다.

"내가 알기로, 서연이는 그런 아이야. 철저하게 계획하고 행동하는 아이야. 그러니까 너를 자기 친구들 무리로 끌어들인 것도, 분명 이유가 있을 거야."

갑자기 서연이가 무서워졌다. 수채는 일부러 곰 인형을 꼭 안았다. 무엇인가를 공격할 때, 개는 그렇게 웅크리고 상대를 노려본다. 지금 서연이가 그렇다.

"무진이랑 네가 친하게 지낸다는 것은 알고 있어."

그 눈빛이 더 아득해졌다.

"사실 나 무진이 좋아하거든. 오래됐어. 한때 사귄 적도 있고. 안타깝게도 오래 못 가고 깨졌어. 근데도 잊을 수가 없어. 보기만 하면 설레고. 그래서 다시 시작해 보려고. 내가 만나자고 연락하면 무진이가 응답하질 않아. 네가 자리 좀 마련해 줘. 넌 무진이랑 그런 사이는 아니잖아? 그냥 남사친이잖아? 맞지?"

수채는 아니라고 고개를 흔들고 싶었다. 환장할 노릇이다. 입도 굳어지고, 목도 굳어 버렸다. 서연이는 무진이 외모에 대한 찬사를 밤새도록 할 태세였다. 전 세계적인 대세인 방탄소년단의 뷔를 닮았다는 말까지 하자, 수채는 잠시 그를 떠올린다. 모르겠다. 작고 갸름한 얼굴형이야 처음부터 인지한 상태라지만, 수채는 그런 매력에 끌린 경우는 아니다. 물론 연예인

급 외모가 친해지는 데 전혀 작용하지 않았다고 할 수는 없다. 그래도 분명한 것은 얼굴보다 성격을 더 좋아한다. 가능하다면 무진이의 반짝거리는 외모는 서연이에게 떼어 주고, 수채는 그의 조곤조곤한 성격이랑 오랫동안 사귀고 싶다.

서연이는 수채에게 확실한 대답을 요구했다.

"수채, 네 도움이 꼭 필요해. 지금으로선 그게 최선이야. 어때, 도와줄 수 있지?"

사람이 살아가면서 이런 경우를 몇 번이나 겪겠는가. 수채는 당황하는 마음을 드러내지 않으려고 애를 쓰면서도, 어떻게 해서든 이 순간을 잘 넘어가고 싶었다. 그런 갈등을 숨기기에는 아직 수채는 너무 정직했다. 어쩌면 간절한 서연이 눈빛이 너무 예민했을 수도 있다. 서연이는 자꾸만 머뭇거리는 수채의 눈빛, 자꾸만 손으로 만지는 입술 그리고 묘하게 떨리는 수채의 심장박동까지 느낄 수 있었다.

"뭐야? 혹시 너도 무진이를, 남사친이 아니라…… 그러는 거니?"

수채의 심장박동이 더 빨라졌다. 수채는 가만히 오른손으로 가슴을 눌렀다. 대답하지 않았다. 그 침묵이 긍정이라는 것은, 누구라도 알 것이다. 서연이도 가슴을 손으로 눌렀다. 자기만이 알고 있는 어느 아득한 곳, 그곳에 있는 무진이를 쳐다보는 듯한 눈빛이 비로소 현실로 돌아오면서 불안하게 출렁거렸다.

"너랑 무진이는 전혀 안 맞는데…….."

어이가 없었다. 지금까지 잘 지내고 있는데, 안 맞는다니! 모욕적이다. 수채가 일어났다. 창가로 갔다. 미주가 떠올랐다. 미주랑 같이 창밖을 보면서 도란거리던 기억이 용기를 주면서 입을 열게 하였다.

수채는 어떻게 해서 무진이를 알아가게 되었는지, 조금도 과장하지 않고 풀어놓았다. 놀랍게도 서연이는 수채의 말이 끝날 때까지 기다려 주었다. 그런 다음 천천히 일어나서 옷을 입었다. 시간은 저녁 10시가 넘어가고 있었다. 서연이가 1층 거실로 내려가자 소두가 당황하면서 나왔다. 소두가 서연이를 바래다주었다.

그날 밤 수채는 마음이 편안했다. 수채는 무진이한테 전화를 걸어 미주와 함께한 시간을 털어놓았다. 사소한 미주의 버릇까지도, 미주가 좋아하는 '한숨'이라는 노래까지도, 미주의 못생긴 새끼발가락까지도. 그리고 둘이 '한숨'이라는 노래를 불렀다.

오늘은 수채와 무진이 함께 극장에 갔다가 나올 때, 많은 사람이 쳐다보았다. 수채는 순간 무진이 여친이라는 사실이 자랑스러웠다. 어딜 가나 무진이는 눈부신 존재다. 그래도 부담스럽지 않다. 이제 무진이랑 같이 시간을 보내는 것에도 자신 감도 생겼다.

여전히 소두는 무진이에 대해서 부정적이다. 소두는 무진이가 여자들에게 가장 쉽게 환심을 살 수 있는 자기 얼굴만을 내세우려고 한다고 비꼰다. 수채가 그러지 않는다고 해도 믿질 않는다. 무진이는 허세가 없다. 소두는 수채의 눈에만 그렇게 보인다고 비웃었다.

어처구니없게도 서연이 패거리 중 하나인 반장이 수채를 보자마자 무진이랑 사귀지 말라고 조언했다. 수채가 이유를 들어 보니, 소두의 말이랑 똑같았다. 무진이는 바람둥이 나쁜 녀석이라고. 만약 계속 사귄다면 자기들이랑 친구 할 수 없다고 말했다. 서연이랑 서먹서먹해지면서 그 친구들이 부담스럽기는 했어도 그럭저럭 소통하며 지내고 있었는데, 갑자기 정리를 당하고야 말았다.

그쪽에서 먼저 모든 SNS를 차단하고, 마주쳐도 서로 아는 체하지 말자고 선언했다. 너무 유치했다. 언제까지 이렇게 유치하게 살아야 할까. '유치하다'는 단어는 인간들만 쓰는 게 아닐까. 적어도 개들한테는 그런 단어가 필요 없으니까. 수채가 그 이야기를 무진이한테 했더니 "결국 그렇게 되고 말았구나!" 하고 한숨을 내뱉었다.

"서연이랑 1학년 때 잠깐 사귀었는데, 그때 엄청 힘들었어.

처음에는 잘 챙겨 주고 좋았어. 조금 지나니까 부담스러웠어. 이렇게 해 달라고 하고, 저렇게 해 달라고 하고. 심지어 헤어스타일, 입는 옷까지 간섭하고, 다른 여자들한테는 말도 못 걸게 하고, 모든 걸 자기 눈에 맞게 요구하고…… 그래서 헤어졌어. 그 뒤로도 끈질기게, 거의 스토커 수준으로 따라다녔어. 3학년이 되자마자 단호하게 말했어. 진짜, 진짜, 너 싫다고! 근데도 포기하지 않고 수채 너를 끌어들여서 나한테 다가오려고 했던 거야."

수채는 그만 절레절레 고개를 흔들고야 말았다.

"아, 대단해. 난 그렇게 못 해."

수채는 다시 혼자가 됐다. 2학기가 시작되었으니까 조금만 버티면 중학교 생활도 끝날 거라고 생각하면서 버텼다. 교실에서 종일 혼자 지내는 것은, 꼭 병 속에 혼자 들어와 있는 것 같다. 무진이가 있으니까 버티는 것이지, 그렇지 않았다면…… 그건 상상도 할 수 없다.

덤덤이도 무진이처럼 인기가 많다. 마을의 모든 개들이 다 좋아했다.

마을에 사는 수캐들은 물론이고, 심지어 산 너머에서 살던 놈도 보였다. 덤덤이는 수캐들이 오는 것에 대해서 별로 신경 쓰지 않았다. 가끔 덤덤이 집까지 와서 사귀자고 하는 수캐들이 있었다. 덤덤이는 정중하게 거절하고 그냥 친구로 지내자, 뭐 그렇게 말했다.

개들도 성격이 다양하다. 덤덤이가 그냥 친구로 지내자고 하면 그걸 받아들이는 개도 있고, 더 적극적으로 다가오는 개도 있다. 그때마다 덤덤이는 단호하게 싫다고 표현했다.

마당가에 숨어 있던 수캐들은, 덤덤이가 눈을 감으면 얼른 몸을 일으켜서 포복으로 기어갔다가, 덤덤이가 쳐다보면 잠자는 척을 했다. 그래야 덤덤이 눈에 띄지 않는다. 수캐들은 조금씩 조금씩 마치 고지전을 하는 보병들처럼 기어간다. 그렇게 반나절이 넘도록 다가갔어도 덤덤이가 어서 가라고 막 화를 내면 다시 마당가로 물러나야 한다. 아무리 덤덤이가 싫다고 해도 포기하지 않는 개도 있다. 그래 봤자 대장인 스타가 나타나면 상황이 달라진다. 만약 덤덤이 집 근처에서 얼쩡거리다가 스타한테 걸리면, 그때는 진짜 혼날 각오를 해야 한다.

스타는 일부러 과장되게 송곳니를 드러내면서 어느 때보다 무섭게 상대를 몰아붙인다. 어떤 수캐는 스타의 공격을 받고 뒷다리를 절었고, 어떤 놈은 피를 흘렸다. 스타는 그렇게 보여줘야만 다른 수캐들이 덤덤이를 넘보지 못한다는 것을 잘 알고 있었다. 덤덤이 주위에 수캐들이 숨어 있다는 것도 알았다.

"누구든 함부로 덤덤이한테 허튼짓하면 가만두지 않을 테다!"

그래서 일부러 마당을 돌아다니면서 곳곳에다 오줌을 갈기고는, 그런 식으로 으름장을 놓았다. 스타는 어슬렁어슬렁 덤덤이 집 주위를 돌아다녔다. 덤덤이는 가늘게 실눈을 뜨고 상대를 확인하면서도 별다른 반응이 없다. 덤덤이가 설정해 놓은 경계만 넘어서지 않는다면 큰 문제가 없다. 지난 몇 년간 그들은 그렇게 지냈다. 스타는 덤덤이 앞에서 짜증 내지 않았다. 그냥 덤덤이의 마음이 바뀔 때까지 묵묵히 기다릴 뿐.

최근에 스타의 태도가 조금 달라졌다. 이제는 예전보다 더 적극적으로 변했다. 스타는 최대한 덤덤이 앞으로 가서 적당히 거리를 두고 마주 보았다.

덤덤이가 슬그머니 눈을 떴다.

"야, 덤덤아. 넌 대체 왜 내가 싫은 거냐?"

덤덤이가 하품을 하는 척했고, 스타는 앞발로 얼굴을 한두 번 비볐다.

"그동안 몇 번이나 말했잖아? 난 네가 얼마나 멋진 개인지 알아. 근데 이상하게도 널 보면 설렘이 없어. 나도 모르겠어. 그래서 그래."

그들은 그렇게 말을 주고받았다. 물론 수채가 둘의 표정이나 행동을 보고 나름대로 상상하는 것이지만, 실제로 그렇게 말을 주고받았을 거라고 확신했다.

수채는 자기만의 방식으로 개들의 언어를 분석했다. 단순하게 짖어 대고 으르렁거리는 것 외에, 개의 눈빛, 사소한 행동을 보면서, 개가 무슨 말을 하고 싶어 하는지 알아내려고 했다. 그러다 보니 개들의 사소한 몸놀림만 보아도, 아 저 순간에는 무슨 말을 하고 싶어 하는구나 하는 것을 알게 되었다. 상황에 따라서 걷는 걸음, 눈빛, 꼬리의 흔들림, 귀의 움직임, 멈칫거림, 돌아다봄, 껑충껑충, 그런 모든 움직임을 볼 때마다 개가 하려고 하는 말이 상상된다는 뜻이다.

지난주 토요일에는 이런 일이 있었다. 그날따라 일찍 찾아온 스타는 입에 물고 온 돼지 뼈다귀를 덤덤이 집 앞에다 떨어트리고는 다정하게 말했다.

"너 뭔가 숨기고 있지? 나를 멀리하는 진짜 이유가 있는 거지. 너, 누구 좋아하는 거야?"

주위에 숨어 있던 수캐들이 잔뜩 긴장했다. 덤덤이가 몸을 일으켜서 스타를 똑바로 바라봤다. 덤덤이 입에서 흘러나온 말을 들은 스타는 물론이고, 근처에 있던 수캐들도 믿을 수 없었다. 스타는 고개를 쳐들고 크게 웃어 버렸다.

"뭐, 뭐라고? 그 병신 늙어 빠진 타르트를 사랑한다고…….
야, 그걸 지금 나한테 믿으라고 하냐? 다 늙어 빠져서 숨 쉬기도 힘든 개인데……."

덤덤이는 타르트를 좋아하고 있었다. 스타는 어처구니없다는 눈빛으로 몇 번이나 마당을 둘러봤다. 아무리 자기가 싫다고 해도 늙은 병신 개를 사랑한다고 한 덤덤이가 너무 미웠으니까. 너무너무 화가 났다. 근처에 숨어 있던 수캐들도 믿을 수 없었다.

덤덤이가 타르트네 집 쪽을 향해 크게 소리쳤다. 지금 당장 이쪽으로 건너오라는 뜻이다. 얼마 지나지 않아 외눈박이 타르트가 마당으로 들어왔다. 타르트는 입안 가득 헌 비닐을 물고 오더니 스타의 눈빛에 놀라 머뭇거리다가 뒤돌아섰다.

"타르트, 어서 말해. 날 사랑한다고."

타르트가 입에 문 비닐만 부스럭거리자, 스타가 어서 말해 보라고 무섭게 다그쳤다. 타르트는 잠시 망설이다가 용기를 냈다.

"맞아, 그건 사실이야. 난 덤덤이랑 오래전부터 사귀어 왔어. 우린 사랑하는……."

그 말이 끝나기도 전에 스타가 소리쳤다.

"거짓말! 이 늙은 병신 놈이 순진한 덤덤이를 꼬셨구나! 가만두지 않겠다!"

스타는 덤덤이가 막아설 틈도 없이 달려들었다. 타르트는 비명을 지르면서 떼굴떼굴 굴렀다. 구르는 행위야말로 훌륭한 방어라는 것을 타르트는 경험으로 알았다.

덤덤이가 타르트를 따라가려고 하자, 스타가 막아섰다.

"덤덤아, 정신 차려! 넌 저 늙은 외눈박이 꼬임에 넘어간 거야!"

"비켜! 난 타르트를 사랑해!"

"못 비켜! 이제 저놈을 가만두지 않을 거야!"

"그럼 내가 널 가만두지 않을 거야!"

둘이 얼굴을 맞대고 으르렁거리더니, 누가 먼저라고 할 것도 없이 거의 동시에 거대한 아가리가 거친 숨결을 내뿜었다. 어찌나 거칠고 사나웠던지 그들의 입에 무엇이든 걸려들기만 하면 다 바스러져 버릴 것만 같았다. 스타는 이제 어쩔 수 없다고 작정했다. 그 힘은 무시무시했다. 아무리 덤덤이가 물어뜯어도 물러나지 않았으니까.

사실 스타의 몸짓은 거칠고 요란해도 자세히 보면 상대를 몰아붙일 뿐 입으로 물어뜯지는 않는다. 그냥 덤덤이의 송곳니를 빠른 몸짓으로 방어하면서 상대의 힘이 빠지도록 최소한의 맞대응만 한다고나 할까.

덤덤이는 그런 단호한 몸짓에 밀려 자기 집으로 후퇴했다. 스타는 진정한 수캐의 힘이 무엇인지를 보여 준 셈이다. 그때부터 스타는 덤덤이 집을 봉쇄해 버렸다.

덤덤이가 다시 타르트에게 도움을 청했다. 타르트는 다시 비닐을 물고 왔지만 자기 힘으로는 도저히 스타를 당해 낼 수 없다는 사실을 잘 알고 있었다. 타르트는 슬프게 애걸했다. 화가 난 스타가 다시 타르트를 공격했다. 타르트는 비닐을 입에 문 채로 떼굴떼굴 구르면서 자기네 집으로 달아났다. 그 틈을 타서 덤덤이도 타르트네 집으로 피신했다.

타르트의 집은 테라스 위에 있었다. 스타는 마당에서 덤덤이가 타르트에게 가지 못하도록 막아섰다. 그때부터 타르트랑 덤덤이 그리고 스타는 적당한 거리를 둔 채 으르렁거렸다. 아무리 덤덤이가 타르트에게 도와 달라고 해도 그는 아무것도 할 수 없었다. 그들의 대치는 밤이 되어서야 끝이 났다.

스타가 사라지자 타르트가 다가와서 덤덤이 몸을 핥아 주었고, 그들은 다정하게 사랑을 하려고 하였다. 안타깝게도 타르트는 너무 작은 개였다. 그러니 사랑을 할 수가 없었다. 좌절을 맛본 타르트는 덤덤이 얼굴을 핥아 주면서 슬프게 울어 댈 뿐이다.

수채도 처음 알았다. 작은 개랑 큰 개는 서로 사랑을 할 수 없다는 것을. 개들은 체급별로 사랑할 수밖에 없다는 사실을.

그날 밤 타르트는 어디론가 사라졌다. 마을 사람들이 몇 번이나 마을과 숲을 수색해도 흔적조차 보이지 않았다.

타르트는 어디로 갔을까. 어디선가 자살했을 거라는 소문만 바람이 배달해 주었다.

수채는 타르트가 골짜기에 숨겨져 있는 그 진달래 바위 위에서 꽃에다 물을 주고 있는 꿈을 두 번이나 꾸었다.

타르트가 사라지자 덤덤이가 가장 힘들어했다. 덤덤이는 벌써 두 번이나 아픈 사랑을 했다. 예전에는 들개 아키타랑 사랑하고, 이번에는 외눈박이 타르트랑 사랑하고…….

수채가 덤덤이를 안아 주면서 너무 힘들어하지 말라고 하면, 그러면서 따뜻한 혀로 수채를 핥아 주었다.

"고마워. 그래도, 그래도, 타르트가 너무 불쌍해."

순간적으로 수채도 덤덤이를 핥아 주고 싶었다.

무엇인가를 선택해야 살 수 있다

　가을도 끝물이다. 봄은 필사적으로 걸어오고, 가을은 긴 순
례를 마친 여행자의 걸음으로 가만가만 사라진다. 수채는 낙
엽을 밟으며 가을을 느끼겠다고 작정하고 덤덤이랑 뒷산 언덕
에 올랐다. 덤덤이는 곧장 아름드리 참나무 아래로 가서 이웃
집 사과의 아기 무덤을 코로 더듬었다. 설익은 아기의 생을 받
아 준 참나무는 쑥부쟁이를 고용해서 무덤지기를 맡겼다. 덤
덤이는 그 꽃무덤 앞에서 어린 영혼을 추모했다.
　떨어진 나뭇잎들이 길을 지우고 있다. 그러거나 말거나 개
들은 길을 몸속으로 삼켰다가 자기들 맘대로 풀어내면서 달린
다. 그러니까 길이 더 자유롭게 열리고, 아무리 나뭇잎이 시위
하면서 길을 가려도 발을 헛디디지 않는다.

슬레이트집의 시간은 점점 더 쇠약해졌다. 덤덤이는 들개들이 아름다운 미래를 설계하면서 파 놓은 마루 밑 굴속으로 사라졌다.

개들도 아픈 기억은 절대 잊지 않는구나!

수채는 가슴이 찡했다. 저도 모르게 휘파람이 흘러나온다. 덤덤이는 아궁이 앞에 앉아서 한동안 옛 기억을 삭인다.

수채는 골짜기에서 당신만의 시간을 키우며 사는 장씨 아저씨를 떠올린다. 그분을 먹여 살리던 밭은 오랫동안 묵혀져 있고, 씨앗을 품었을 때의 그 비릿한 생흙 냄새도 힘을 잃었다. 예감이 불길했다.

건너편에 까만 하우스 집이 보인다. 수채는 천천히 그쪽으로 걸어간다. 마당에는 온갖 살림살이가 팽개쳐 있다. 들풀이 살림살이에 붙어서 그들의 살을 뜯어 먹고 있다.

수채는 온몸을 떨었다. 폐가의 서늘함이 뼛속을 찌른다.

덤덤이가 짖어 대자 뒷마당으로 돌아갔다. 뒷마당 경계를 넘어 누군가 숲으로 사라졌다. 살짝 수채의 눈에 걸린 뒷모습이 어디서 본 듯했다. 그러면서도 언뜻 떠오르지 않아서 그저 멍한 표정만 지었다. 기억하려고 하면 할수록 머리가 아프다.

그로부터 일주일 뒤, 그 정체를 알았다. 무진이는 며칠 전 우연히 민수를 만났다고 하더니, 그 하우스 집에서 수채를 봤다고 하면서 비릿하게 웃을 때는 기분이 찝찝했다고 얼굴을 손으로 문질렀다. 그놈이었구나! 그제야 수채도 민수의 뒷모습을 또렷하게 떠올릴 수 있었다. 무진이는 자못 심각했다.

"대체 그놈이 왜 거길 갔을까? 민수네 집은 거기서 제법 멀잖아? 뭔가 불안해. 수채야, 너 조심해라, 절대 혼자 거기 가면 안 돼."

수채는 덤덤이가 있으니까 괜찮다고 했다. 무진이도 덤덤이라는 말을 듣는 순간 고개를 끄덕였다. 순간적으로 그 얼굴에서 파란 하늘이 열렸다.

만국기 아저씨는 3개월 전에 이사 갔다. 아파트로 가니까, 풍산개 믹스견 핫도그와 인절미 걱정하며 수채한테 맡아 줄 수 없냐고 했다. 수채는 어이가 없었다.

개라는 동물은 인간만 떠받들기 때문에 중간에 주인이 바뀐다는 것은 피차간에 힘겨운 일이다. 게다가 만국기 아저씨네 인절미와 핫도그는 까칠하기로 소문난 개들이다. 그런 개들을 누가 분양받으려고 하겠는가.

만국기 아저씨 입에서 안락사라는 말까지 나왔다. 그러자 딸과 아들이 울면서 너무 잔인하다고 하소연했다. 아저씨도 화가 났다.

"나한테 잔인하다고 하지 말고, 그럼 대책을 내놔 봐!"

그 말에 아들과 딸도 개들을 안고 눈물을 글썽거렸을 뿐이었다.

만국기 아저씨는 술만 마시면 덤덤이한테 와서, "너는 이 집에서 오래오래 살아라!" 하고 깊은 한숨을 뿜어냈다. 그러다가 수채를 보면, 나이 환갑이 다 되어서야 옛날 어른들이 왜 생명을 함부로 들이지 말라고 했는지 알았다고 헛웃음을 지었다.

수채는 자기가 좋아하는 개들이 아니어도 마음이 아팠다.

만국기 아저씨가 개들을 성대 수술시키기로 했다고 한숨을 쉬었다.

"개가 소리를 내지 못하면 로봇과 다를 게 뭐가 있니? 그럴 바에는 차라리 안락사시키는 게 낫다고 생각했어. 수채야, 내 말이 틀리니?"

만국기 아저씨는 눈시울까지 붉혔다.

수채는 처음으로 그의 손을 꼭 잡아 주고 싶었다. 만국기 아저씨는 덤덤이하고 눈이 마주치자 얼른 손으로 눈시울을 문지르고는 일어났다. 그 뒷모습을 쳐다볼 수 없었다. 덤덤이도 시무룩하게 수채를 쳐다봤다. 덤덤이는 인간에게 의존하면서 살아갈 수밖에 없는 개의 운명에 대해서 고뇌하는 눈빛이다.

지난주 토요일에 만국기 아저씨네 집에서 집들이를 했다. 만국기 아저씨가 수채를 꼭 데려오라고 했다는 말을 듣고, 어쩔 수 없이 어른들을 따라나섰다. 수채는 22층 아파트 현관으로 들어서는 순간 꿈인가 싶어 머리를 툭 쳤다. 개들이 수채를 알아보고는 어찌나 반갑게 맞이하던지, 이상하게도 눈물이 났다.

풍산개 믹스견 인절미와 핫도그는 서로 수채의 품에 안기고 싶어서 미치도록 꿈틀거렸다. 마을에서 살 때는 상상도 할 수 없는 일이다. 수채를 봐도 꼬리 한 번 치지 않았고 한결같이 으르렁거렸다. 수채는 개들을 똑바로 볼 수 없었다. 그들의 목소리를 알고 있는 수채는 뭐라 위로해 주어야 할지 아무런 대책이 없었다. 그냥 그렇게 안아 주고만 있을 뿐.

뒤에서 만국기 아저씨가 허허허 웃었다. 웃음소리가 어딘가에 긁히는 것 같다.

"수채야, 이놈들이 목소리를 잃어버리고 나더니 엄청 순해졌단다. 안쓰럽기는 해도 저놈들 보니까 안락사시키지 않은 게 잘한 것 같구나. 그래도 살아 있는 게 더 낫잖아?"

혼란스럽다. 목소리를 잃어버린 개를 과연 개라고 할 수 있을까. 개는 멀리 떨어져 있는 친구들끼리도 목소리로 소통하고, 목소리로 상대를 위협하고, 목소리로 표현하면서 살아가기 때문이다.

수채가 돌아갈 시간이 되자 개들이 가지 말라고 소리치면서 뛰어왔다. 물론 입에서는 아무런 말이 나오지 않는다. 수채는 그들의 목소리를 들을 수 있었다. 눈빛을 보면 알 수 있다.

수채는 잘 지내라는 뜻으로 휘파람을 불어 주었다. 개들이 뛰어와서 눈물을 흘렸다. 개들이 휘파람을 불기 위해서 턱을 쳐들고 입을 벌렸다. 그들의 입에서는 아무런 소리도 흘러나오지 않았다. 목소리의 씨앗을 잃어버렸으니 소리가 나올 리 없다. 수채는 개들을 외면하면서 밖으로 나갔다. 그들이랑 다시 눈을 마주치면 몸 안에서 뭔가 터져 버릴 것만 같았으니까.

집에 오자 시언이 핸드폰을 주면서 받아 보라고 눈짓했다. 만국기 아저씨다. 아저씨는 수채에게 일부러 시간 내줘서 고맙다는 말을 되풀이했다.

"수채야, 널 일부러 부른 거야. 네가 우리 개들의 마음을 잘 알 것 같아서. 예상대로 개들이 널 반기는 걸 보고 기쁘면서도 슬펐다. 그래도 오늘 하루, 개들이 참 표정이 밝아서, 너한테 꼭 고맙다는 말을 하고 싶었다."

수채는 적당히 그의 말에 대꾸하면서, 진짜 기대하던 말이 나오길 기다렸다. 들개를 학살한 것에 대해서…… 미안하다는 말을…… 아쉽게도 끝내 그 말을 하지 않았다.

수채가 입학한 고등학교는 신도시 가장 번화한 곳에 터를 잡았다.

무진이는 다른 학교로 배정을 받았다. 소두는 무진이와 떨어진 것이 어쩌면 잘된 일이라고 논평을 하고는, 새로운 친구를 사귀면서 잘 지내보라고 조언했다. 제발 그렇게 되기만을 바라면서도, 수채는 늘 물살이 센 냇가에 놓여 있는 징검다리를 건너는 기분이었다. 어쩌면 중학교 때보다도 더 숨을 죽이며 학교에 들어섰다.

숲은 개들에게 해방구다. 학교도 아이들에게 해방구라면 얼마나 좋을까. 왜 이렇게 학교에만 들어서면 긴장이 되는 것일까. 수채는 2년만 버티자고 자기 자신에게 주문을 걸었다. 고3이 되면 친구들에게 신경 쓸 여력이 없을 테니까.

교실에는 수많은 목소리가 떠돌았다. 목소리만으로도 지금까지 살아온 그들의 시간을 예측할 수 있다. 그들의 뒷모습만 보아도, 옆모습만 보아도, 걸음걸이만 보아도. 상처투성이가 된 마음을 감추고 살아가는 노련한 배우들 같다. 눈꼬리마다 온갖 눈치를 매달고서 선생님과 주변 아이들을 흘깃거리는 그들. 대학입시라는 전선으로 나가야 하지만, 실제로 싸움의 대상이 주위 동료들이라는 사실을 알면서도 모른 척하는 그들.

그러니 신명 날 리가 없다. 이 세상에 생겨난 것들은 신명나게 자란다. 새도, 나무도, 개도, 다들 신명 없이는 자라지 못한다. 흔들흔들, 까불까불, 경중경중, 푸릇푸릇, 그들은 그렇게 자란다. 왜 인간의 아이들만 무표정하게 자라야 할까. 덩실덩실, 그런 언어는 교과서 속에서만 존재하니까, 그래서 더 몸이 굳어 가는지도 모른다.

수채 앞에는 수진이라는 아이가 앉아 있다. 수진이는 유독 책상 밑에 숨겨진 다리를 떨었다. 가끔은 온몸을 떨었다. 수진이를 보다 보면 그 여진이 수채한테 전해졌다. 그때마다 수채는 입술을 동그랗게 모았다. 휘파람을 불고 싶었다.

한 번은 떡볶이집에서 수진이와 마주쳤다. 그날따라 너무 배가 고파서 정신없이 떡볶이를 먹다가 고개를 들었더니 건너편에 수진이가 보였다. 그때도 수진이는 다리를 떨고 있었다. 눈이 마주치자 수진이는 고개를 돌렸다. 간혹 교실에서 마주쳤을 때도 마찬가지다. 괜히 서로 공감할 수 있는 신호를 주고받다가 친해질까 봐 두려웠다. 친해져서 겪게 될 아픔의 법칙이 그녀들을 두렵게 했다.

수채의 이야기를 가장 잘 들어 주는 개는 덤덤이랑 스타였다. 덤덤이야 그럴 수밖에 없어도, 스타는 수채가 키우는 개가 아니니까 경우가 다르다. 스타는 수채가 오는 시간을 정확하게 알고 골목길 입구에서 기다렸다. 언제부턴가 수채랑 스타는 그곳에서 만나는 것이 약속처럼 되어 버렸다. 스타는 그 약속을 한 번도 잊지 않았다.

언젠가 비가 많이 내리던 날, 수채가 걱정하며 골목으로 들어섰다. 스타가 없었다. 수채는 아쉬움으로 휘파람을 불면서 걸었다. 집 앞에 올 무렵, 어디서 나타났는지 홀딱 비에 젖은 스타가 따라오고 있었다. 수채가 반가워서 우산을 씌워 주려고 했다. 스타는 우산이 필요 없다면서 한사코 거리를 두었다.

한 번은 수채가 몸이 좋지 않아서 소두의 차를 타고 집에 간 적이 있었다. 집에 와서야 스타가 생각나서 골목으로 나갔다. 스타가 반가운 눈빛으로 어슬렁어슬렁 다가왔다. 아마도 수채를 만나지 못했다면 밤새도록 기다렸을 것이다.

골목 끝에서 수채네 집까지는 약 100미터 정도의 주택가 골목이 이어졌다.

스타는 길이 끝날 때까지 온몸으로 수채의 말을 들어 주었다. 그 눈빛이 주는 위안의 힘은, 어떤 어른의 말이나, 어떤 유명 인사의 말보다 더 절실하고 달았다.

수채는 덤덤이를 볼 때마다 개처럼 살았으면 좋겠다고 중얼거린다. 인간이란 너무 복잡하고, 너무 많은 경우의 수를 예상하고, 너무 많은 관계에 얽혀서 살아간다. 물론 개도 자기들 나름대로 관계가 있다. 그래도 인간에 비해 단순하다. 수채는 그런 단순한 삶이 부럽다.

수채는 무진이한테 스타에 대한 이야기를 많이 했다.

스타는 덤덤이하고는 또 다른 차원의 친구다. 스타는 수채를 은근히 챙겨 주었다. 한결같이 골목에서 기다려 주었다. 수채는 그를 보는 순간 마음이 환해졌다. 종알종알 학교에서 있었던 일들을 중얼거렸다. 그러다 보면 학교에서 쌓인 앙금들이 다 녹아내렸다. 스타의 눈빛은 소두와 시언의 눈빛하고도 달랐다. 무조건 수채를 믿고 지지해 주는 그 눈빛이란, 지금까지 받아 보지 못한 동지애가 느껴졌다.

수채는 그런 스타하고 이별했다.

어쩌면 골목하고의 이별인지도 모른다. 수채는 이곳에 와서 처음으로 골목을 알았다. 물론 또래들이 없어서 친구들과 소리치면서 놀아 보지는 못했다. 대신 골목에는 스타가 있었다. 골목은 세상을 맞이하고 배웅하는 곳이고, 온갖 소문이 흘러 다니는 강이다. 수채에게 골목이란 스타 그 자체였다.

스타를 키우는 박 사장님이 외국에 나가게 되었다. 스타도 그런 사실을 아는지 풀이 죽어 있었다. 씩씩하게 돌아다니지도 않았다. 그것만 봐도 스타는 보통 개가 아니다. 스타는 운이 좋은 녀석이다. 스타의 외모를 본 몇몇 사람들이, 진돗개 혈통을 제대로 이어받은 개라면서 키우고 싶다는 뜻을 내보였으니까. 당연한 일이다. 스타는 그럴 자격이 있다.

스타는 충청도 어딘가로 분양되어 갔다.

헤어지기 전날, 수채는 스타랑 골목길을 열 번도 넘게 왔다 갔다 했다. 그들의 대화는 일방적이었다. 수채가 말하고, 녀석은 듣고.

"스타야, 넌 내가 만났던 개 중에서 최고였어."

스타는 가만히 쳐다보면서 꼬리를 흔들었다.

"너만 보면 지친 마음이 편안했고……. 너랑 덤덤이가 좋은 관계로 발전했으면 좋았을 텐데……."

스타는 몹시 슬픈 눈빛으로 돌아섰다. 다른 개들에 비해서 스타가 자유롭게 보였어도 자기 생을 스스로 선택할 수 있는 건 아니다. 만국기 아저씨네 개들도 그렇고, 이웃집 선생님네 개들도 그렇고. 다들 인간의 뜻에 따라서 운명이 바뀌는 거니까.

수채는 마지막으로 스타를 보면서 휘파람을 불었다. 그 소리가 스타의 기억 속에 오래오래 남아 있기를 바라면서.

스타가 떠나자, 시베리아허스키 로또가 대장 완장을 차게 되었다. 공교롭게도 사과랑 수박을 키우는 이웃집 선생님도 다른 곳으로 발령을 받아 이사했다. 그렇게 정들었던 친구들이 사라지자 덤덤이가 많이 야위었다. 이젠 뛰는 것도 다르다. 뭔가 묵직하면서도 함부로 뛰지 않는다. 사소한 걸음걸이에도 생각의 깊이가 묻어난다. 고양이가 와도 개의치 않고, 심지어 쥐가 사료를 먹어도 내버려 두었다. 어른이 된다는 것은 그런 걸까. 뭔가 해탈한 얼굴이다.

수채는 영어학원을 나와서 고물 플래닛 정류장 쪽으로 걸어가고 있었다. 휴대폰이 울린다. 수진이라는 이름이 뜨고, 수채는 주위를 두리번거린다. 언제 수진이 전화번호를 입력시켜

놓았을까. 통 기억이 없다. 수채는 한동안 망설인다. 상대도 그걸 아는지 충분하게 망설일 시간을 주면서 전화를 끊지 않았다. 이윽고 수채가 전화를 받았다.

"학원 끝났지?"

수채는 어떻게 아냐고 물으려고 하다가, 수진이도 이 학원에 다닌다는 사실을 알았다. 수진이는 고물 플래닛 정류장에서 가까운 카페에 있었다. 수채가 들어가자 하늘색 모자를 눌러쓴 수진이가 손을 흔들었다. 학교에서 봤을 때하고 전혀 다른 모습이다.

"뭐 먹을래? 내가 사 줄게."

도저히 거절할 수 없는 눈빛이다. 수채가 요거트를 먹겠다고 하자, 수진이는 두 잔을 시켰다. 오늘따라 그 눈빛이 맑다. 볼수록 귀여운 얼굴이다.

두 사람은 요거트를 다 비울 때까지 아무런 말이 없었다. 수채는 끈기 있게 상대의 말을 기다렸다. 오늘은 그래야만 했다.

요거트를 비우고도 한참이 지나서야 수진이가 입을 열었다.

"난, 이제 그만하려고."

그게 무슨 말인지 몰라서, 수채는 상대를 쳐다보았다. 이럴 때는 침묵이 답이다. 남들이 보면 답답하게 보일지 몰라도 두 사람은 전혀 그렇지 않다.

"이제 지쳤어. 여기까지야!"

여전히 수진이가 왜 그런 말을 하는지 알 수 없었다.

수채는 다시 기다렸다. 갑자기 개들이 떠오른다. 개는 인간하고 있을 때, 이런 식으로 늘 상대의 이야기를 들어만 준다. 절대 끼어들거나 상대 말을 가로막지 않는다. 그러니 얼마나 힘들었을까. 개의 조상은 끊임없이 그런 인내를 배웠을 테고, 결국은 일방적으로 인간의 말을 들어 주는 관계가 되었다.

수채는 개가 된 기분이다. 그렇다고 해서 기분 나쁘지 않다. 이 순간만큼은 오히려 철저하게 개가 되고 싶다.

"다 말했어. 부모님에게도, 그리고 심리치료 받는 선생님한테도……."

수진이도 채 소장님한테 심리치료를 받고 있었다. 수채는 자기도 채 소장의 상담치료자 파일 속에 입력되어 있다는 사실을 드러내지 않았다. 그걸 드러내면 채 소장의 입을 통해 소두의 귀에도 속보로 전달될 게 뻔하니까. 그렇다면 또 얼마나 골치 아파질까. 소두는 수진이가 학교생활 부적응자임을 금세 알아챌 테고, 왜 하필 그런 애들하고만 어울리냐고 잔소리가 쏟아질 테니까. 벌써 머리가 아팠다. 수진이는 우울증 약까지 먹고 있다. 수진이가 왜 이런 이야기까지 하는지 불안했다.

"나, 더 이상 학교 안 가. 자퇴하려고. 혼자 유령처럼 지내는 것도 한계에 왔어. 대체 무슨 행복을 얻기 위해 학교에 와야 하고, 온갖 눈치 보며 쩔쩔매야 하는지 내 자신이 가여워. 이젠 더 못 하겠다고 부모님에게도 말했어. 첨에는 말리더니, 그렇게 하래."

수채는 대단하다고 하려다가 꾹 참는다. 지금 수진이에게 그 말이 적절한지 판단할 수 없다. 그래도 용기 있다고 말해 주고 싶다. 학교를 그만두는 것도 용기가 아닌가. 이 땅의 아이들 모두가 다 걸어가는 정상적인 궤도에서 이탈한다는 것은 그만큼 불안한 일이고, 그러기에 용기가 없으면 불가능한 일이지 않은가.

"이제 초승이에게만 말하면 돼. 내가 키우는 강아지야. 내 유일한 친구. 아마도 초승이가 없었으면, 난 이 세상에 없을지도 몰라. 진짜 작년에 너무 힘들어서 죽으려고……. 그때, 초승이가 옆에서 울어 대더라. 순간 내가 없으면 초승이를 누가 키우지, 하는 생각이 들었어. 아마 버려지겠지, 그런 생각이 들자 못 죽겠더라."

수진이가 강아지 사진을 보여 주었다. 덤덤이가 좋아했던 시츄 타르트를 빼닮았다.

수채는 그런 수진이가 한없이 부럽다. 자퇴하는 아이를 부러워하게 될 줄은 꿈에도 몰랐다. 이제 나만 남았구나! 묘한 허탈감이 수채의 발걸음을 휘청거리게 한다.

미주하고 비슷하게 생긴 여자가 횡단보도 앞에 서는 순간 수채는 정신이 번쩍 들었다. 보행자 신호로 바뀌었다. 여자가 성큼성큼 걸어간다. 그녀는 미주하고 달리 몸이 뚱뚱하지 않았다. 그래도 미주라고 확신할 수 있었다. 신호등은 보행자 신호가 끝나 가고 있음을 깜박깜박 알린다. 횡단보도 가운데에는 사람이 하나도 없었다.

그때 미주를 부르며 뛰어갔다. 누군가를 그렇게 크게 불러 본 적이 없다. 이미 횡단보도를 건너간 사람들이 걸음을 멈추고 쳐다보았다. 미주도 뒤돌아보았다. 워낙 키가 커서 그런지 미주는 단숨에 주위의 눈길을 빨아들였다.

수채의 가슴속 저 깊은 곳에서, 어떤 아련한 시간이 울컥울컥 꿈틀거린다.

"수채야, 오랜만이다!"

미주가 남자 어른처럼 악수를 청했다. 미주는 밤송이처럼 머리가 짧았고, 무제한급 유도선수를 연상시켰던 몸은 슈퍼모델급으로 달라져 있다. 전혀 흔들림 없는 눈빛. 이렇게 오랜만에 만났는데도 편안하게 웃을 수 있는 저 눈빛이 수채는 부러웠다.

"수채야, 잘 지내고 있지?"

수채는 입술에 힘을 주고 고개를 끄덕여 주었다.

"미주야, 넌 예전보다 더 멋있어졌다!"

"고맙다."

미주가 계속 환하게 웃어 주어서, 그렇게 계속 눈을 마주쳐 주어서, 작은 숨소리까지 느낄 수 있었다. 수채는 저도 모르게 그 말부터 끄집어낸다.

"미주야, 난 네 비밀을 아무한테도 말하지 않았어. 그 말을 꼭 하고 싶었어."

미주가 그때의 시간 속으로 들어가듯 고개를 들어 먼 곳을 쳐다본다.

"난 첨부터 다 알고 있었어. 내 비밀을 터트린 사람은 서연이라는 것을……."

수채는 뭔가 잘못 알고 있는 게 아니냐고 물었다. 서연이는 그 비밀을 알지도 못한다.

"우리 아빠랑 서연이 아빠가 아는 사이였어. 군대 동기! 그래서 만나 술 한잔했으니, 그다음은 말 안 해도 알겠지? 서연이가 그 정보를 슬쩍 민수한테 흘린 것이고, 내 약점을 잡은 민수가 그걸 퍼트린 거지."

수채는 그 말을 들으면서 무척 혼란스러웠다. 서연이가 미주의 비밀을 흘린 장본인이라는 말이 믿기지 않는다. 미주의 비밀이 아이들 사이에 떠돌아다닌다는 사실을 수채한테 알려 준 사람도 서연이다. 봄방학이 거의 끝나 가던 어느 날 전화하여, 전교생이 다 아는 소문을 너만 모르냐는 타박과 함께 알려 주었다. 그렇다면 서연이는 철저하게 이중생활을 해 온 셈이다.

그걸 알면서도 미주는 왜 침묵했을까.

미주는 서연이랑 싸우면서 진실게임을 하기 싫었다. 좀 더 구체적으로 표현하면 서연이가 죽이고 싶을 만큼 미워서, 자칫 자기도 감당할 수 없는 끔찍한 파국이 올 것만 같아서, 그래서 그랬다고.

"너도 그런 생각을 했구나. 난 민수가 괴롭힐 때마다 그런 생각했거든. 바보같이 한마디도 하지 못하고 몸이 굳어질 때마다, 그놈에게 맞서는 것보다 내가 비참해지는 것이 더 낫다고. 맞서다 보면 뭔가 감당할 수 없는 일이 벌어질 것만 같아서, 어쩌면 나 자신에게 하는 변명인지도 모르겠지만 나도 그랬어."

미주는 고개를 끄덕였다.

수채는 슬쩍 고개를 갸우뚱했다.

"근데 왜 나한테 그 사실을 말하지 않았어? 넌 줄곧 나를 쌀쌀맞게 대하면서 피했잖아? 내가 너희 아파트 앞으로 찾아갔을 때도 그랬고. 그래서 난 네가 날 오해하고 있다고 확신했어. 네 비밀을 터트린 사람이 나라고 말이야."

미주는 살짝 웃으며 입술을 깨물었다가 풀었다.

"수채야, 이것만큼은 분명해. 난 널 지켜 주고 싶었어. 내가 가장 좋아했던 친구만큼은. 만약 사실대로 말하면, 네가 서연이를 미워하고 힘들어질 것 같아서, 그래서 일부러 너하고 거리를 둔 거야. 물론 너희 엄마가 찾아와서, 지금은 너희 둘이 떨어져 있는 것이 서로에게 좋겠다고 한 말도 영향을 미쳤겠지. 너희 엄만 나름 논리적으로 말했어. 아주 냉정하게 우리 둘을 바라다보고 분석해서 하는 말이라는 것을 알 수 있었어. 그때까지 만난 어른 중에서, 너희 엄마가 가장 솔직했어. 그래서 기분 나쁘지 않았어. 나도 그렇게 말했어. 냉정하게 판단할 테니, 내 결정을 존중해 달라고. 너희 엄마가 그러겠다고 하였어. 그때부터 어떻게 하는 게 서로에게 가장 좋을까, 고민했어. 그때는 모두가 나를 미워했잖아? 그럴 땐 방법이 많지 않더라. 모든 걸 걸고 싸우던가, 그냥 스스로 모든 걸 짊어지고 물러나던가. 근데 모든 걸 걸고 싸우면 나도 힘들고 너도 힘들고 그러잖아? 조용히 물러나면 나 혼자만 힘들어지지만……
그래서, 그래서 그런 거야."

수채는 울컥 눈물이 솟구쳐서 눈시울을 문지르고 다시 미주를 보았다. 순간 어찌나 세게 고개를 흔들어 댔는지 모른다. 한순간에 미주 얼굴이 달라져 있다. 얼굴이 쭈글쭈글하다.

"미주야, 우린 왜 이렇게 벌써 늙어 버렸을까?"

"우린 오래 살았잖아? 17년이나 살았잖아? 나무가 17년을 살았다고 생각해 봐, 얼마나 크고 거대할지. 개가 17년을 살았다고 생각해 봐. 늙을 대로 늙어 세상 이치를 꿰뚫어 보는 나이지. 한해살이 씨앗이라면 자그마치 17대 조상이야. 물이 17

년 동안 어디론가 흘렀다고 생각해 봐. 17년 동안 길을 걸었다고 생각해 봐, 지구를 다 돌고, 저 우주에서 걷고 있을 거야. 인간만 항상 제자리걸음인 거지."

수채는 그냥 웃음이 나왔다. 예나 지금이나 그 말투는 여전하다. 마치 몸속에 나이 든 또 다른 미주가 사는 것처럼, 수채가 도저히 상상조차 할 수 없는 말들을 흘려보낸다.

"나를 치료해 주는 의사 선생님이 그러시더라. 너희들은 너무너무 불행하다고. 왜 그러냐고 했더니, 우린 너무 오래 살아야 한대. 오래 산다는 것은 좋은 일이지만, 살아야 하니까, 살아가는 것은 혼자 견디어 내야 하니까, 그러니까 힘들고 아픈 거라고. 앞으로는 직업도 몇 개나 있어야 하고, 늙어서도 일을 해야 하고…… 그 말 들으니. 수긍이 되더라. 우린 오래 살아야 하니까, 불행한 세대야. 왜 병원에 다니냐고? 내가 스스로 찾아갔어. 그때 그 일 겪은 뒤로, 아무도 내 편은 없잖아. 아빠도, 언니도, 엄마도. 물론 학교도. 그래서 죽을까 봐, 그게 겁이 나서, 공황장애가 생기고, 아파트 엘리베이터도 못 탈 만큼 폐소공포증도 생기고, 구급차 소리만 들어도 죽을 것 같고, 뾰족한 모서리만 봐도, 자동차만 봐도, 부엌칼만 봐도, 심지어 젓가락만 봐도 죽을 것 같아서…… 병원에 간 거야. 아빠는 한참 뒤에서야 알고는, 위로는커녕, 딸이 우울증 치료를 받는 사실을 받아들일 수 없다면서 욕만 퍼붓더라."

수채는 그만 어이없어서 왼쪽 볼을 찡그린다. 저도 모르게 수진이라는 이름을 되새긴다. 왜 이렇게 주위에 약을 먹는 사람이 많은지 모르겠다.

수채의 입에서는 한숨이 연달아 터져 나온다.

"암튼 이제 괜찮아. 나 다시 운동 시작했어. 원래 이 동네 고등학교에 배정받았다가, 서울에 있는 학교로 전학 갔어. 배구부가 있는 학교로. 엄마랑 언니가 너무 힘들게 생활해. 엄마가 많이 아파. 언니가 학교를 그만뒀어. 알바 뛰면서 엄마 치다꺼리하며 미용사 준비하고 있어. 엄마 때문에 자기 꿈 다 포기한거지. 나한테도 이제 잔소리를 안 해. 너라도 네 맘껏 하라고, 그냥 우리 잊고…… 넌 신경 쓰지 말고, 네 맘대로 살아가라고. 그러자 이상하게도 살이 빠지고…… 하나도 편하지 않아. 이제 언니가 쫓아오지 않는데도…… 그래서 하기로 했어. 성공하기로…… 내가 성공해서 엄마도 도와주고 언니도 도와주고 그러고 싶어. 그러면 어떨까? 기쁠까? 보람찰까? 잘해서 졸업 뒤 프로에 지명만 받아도 돈을 받으니까, 돈 버니까, 돈! 아빠는 곧 새엄마랑 결혼하고, 그러니 나도 길을 찾아야 하잖아? 내가 아빠의 딸이라는 공식으로부터 멀어지려고 하는 것은, 그러면서 내가 엄마랑 언니를 생각하는 것은, 현재 처한 환경 속에서 가장 치열하게 운명에 저항하는 거야. 그래서 그걸 택한 거야."

미주는 더 이상 개처럼 히히히 웃지 않는다. 뭔지 몰라도 비장한 기운이 느껴진다. 그녀의 몸은 하나의 목표를 향해서 사력을 다해 달리고 있었다.

수채는 개가 되어 경중경중 뛰면서 꼬리치고 싶었다. 이럴 때 꼬리가 달렸으면, 긴 혓바닥이라도 있었으면 미주의 얼굴을 따뜻하게 핥아 주었을 텐데.

"이제 가 봐야 해. 잘 지내고, 나중에, 그때가 언제일지 몰라도 지금보다 편하게 떠들 수 있을 때겠지. 그런 순간이 오겠지. 그때 만나면, 네가 말했던 그 골짜기에 숨겨져 있는 그 진달래 바위에 꼭 올라가 보고 싶어. 그때까지 잘 버텨 보자! 파이팅!"

"진달래 바위를 잊지 않았구나!"

수채는 미주가 고마우면서도 당황했다. 전화번호를 알려 달라고 하자, 미주가 잠시 얼굴 가득 옅은 미소를 흘린다.

"그냥 나중에……."

살며시 고개를 끄덕이는 미주의 얼굴이 아득해 보인다. 갑자기 손이 닿을 수 없는 시간 속으로 멀어져 버린 느낌이다.

수채는 멀어져 가는 미주를 보면서 휘파람을 불었다. 이제는 누군가랑 만나고 헤어질 때마다 버릇처럼 그 소리가 흘러나온다. 미주는 천천히 뒤돌아보고, 히히히 웃는다.

남과 여를 초월한 영원한 친구

덤덤이 집은 가을을 맞아 더 예쁘게 변했다. 코스모스와 쑥 부쟁이가 근처에 무리 짓고, 지붕에는 나팔꽃이 야단이다. 사과랑 수박이 살았던 집으로 이사 온 사람은 푸들만 세 마리를 키웠다. 아직 어린 개들은 낮에만 마당에다 풀어놓았다. 녀석들은 늘 덤덤이를 졸졸졸 따라다닌다. 덤덤이는 어린 개들을 자상하게 돌봐 주고, 다른 개들이 오면 보호해 준다.

덤덤이는 꽃을 오랫동안 쳐다보는 버릇이 생겼다. 그때마다 수채는 진돗개 스타를 떠올린다. 스타는 길가에 피어난 꽃만 보면 그냥 지나치지 않았다. 꽃냄새를 맡다가 옆에 가만히 엎드려 있기도 했다. 꽃이 속삭이는 소리를 들으려고 하는 것 같았다.

새로 마을 대장이 된 시베리아허스키 로또는 아직 스타만큼 다른 개들에게 인정받지 못했다. 대장이란 어떤 상황이 닥쳤을 때 잘 판단하고, 용기 있게 나서면서 친구들을 보호하고 자기를 희생해야 한다. 로또는 힘은 강해도 아직 지혜가 부족했다.

한 번은 낯선 개들이 나타나자 로또가 무작정 힘으로 그들을 몰아내려고 하다가 그게 여의치 않자 덤덤이 뒤로 슬그머니 물러났다. 덤덤이는 그들이랑 자분자분 이야기하고, 때론 사납게 으르렁거리면서 그들을 물리쳤다.

무진이는 농업대학을 준비했다. 무진이 이야기를 듣고 나니까, 농업대학을 나오면 아주 다양한 일을 한다는 것을 알았다. 그런 선택을 한 무진이가 부러웠다.

수진이도 선택했고, 미주도 그렇고, 무진이도 자기 길을 찾았다.

이제 수채만 남았다. 수채는 온통 그런 생각뿐이다.

어제는 심리치료사 채 소장을 찾아갔다. 요새 들어서 갑자기 잠도 안 오고 입맛도 사라졌다. 채 소장은 제 발로 찾아온 수채를 보고는, 아주 면밀하게 얼굴을 스캔했다. 친한 선배의 딸이니까 더 신경 쓰는 눈빛이다.

수채는 누군가 자기를 쳐다볼 때가 가장 불편하다. 사람들은 흔히 얼굴 즉 인상을 보고 그의 모든 것을 평가한다. 수채는 그게 싫다. 시간의 주름을 얼굴에서만 찾으려 하는 것에 대해서 동의할 수 없다. 수채는 마음속에 시간의 주름이 있다고 생각하면서 학교생활을 이야기했다.

"요즘 들어 제가 부쩍 늙어 가는 것 같아요."

채 소장이 맞장구쳤다.

"수채야, 사람은 오래 살잖아? 그러니까 수십 번 아니 수백, 수천 번 늙었다가 젊어지기를 되풀이하는 거야. 아기는 쭈글쭈글 늙어서 태어나. 그러다가 돌 지나고 젊어졌다가 유치원 갈 때쯤 늙어져. 초등학교 갈 무렵에 다시 젊어졌다가 졸업할 때쯤 늙어져. 중학교 입학할 때 다시 젊어지고 졸업할 때 늙어지고…… 물론 그런 리듬은 다 달라. 누군가는 새 학년이 되면 젊어졌다가 겨울방학 때쯤이면 늙어지고, 또 누군가는 아침에는 젊어졌다가 밤에는 늙어지고, 또 누군가는 월요일에는 젊어졌다가 주말에는 늙어지고, 그러면서 살아가는 거지."

수채는 오늘 처음으로 채 소장 말이 마음에 들었다. 예전에는 채 소장이 하는 말이 형식적이라고 비웃을 때가 많았다. 괜히 사람의 심리에 대해서 아는 척하고, 억지로 위로해 주는 척하는 가식적인 말투가 싫었다.

아무튼 수채는 그냥 살아가기로 했다. 가는 데까지 가 보자고.

며칠 전 수채는 뒷산 언덕을 보다가 놀라고야 말았다. 아름드리 참나무 밑에서 졸고 있는 개를 발견했다.

"스타야!"

저도 모르게 소리쳤다. 녀석이 꼬리를 쳤다. 진짜 스타였다. 대체 어떻게 된 일일까. 눈물이 났다.

수채가 달려가서 안으려고 했다. 스타는 엉거주춤 물러서다가 보일 듯 말 듯 꼬리를 흔들었다. 스타는 오른쪽 앞발을 심하게 절었다. 그동안 삶이 엄청 힘들었다는 뜻이다.

그날 밤 수채는 마당으로 들어오는 스타를 봤다.

덤덤이랑 스타는 천천히 서로를 향해 걸어갔다. 한동안 서로 얼굴을 비비고 핥아 주고, 꼬리를 상대에게 문질렀다. 춤을 추면서 뛰기도 했다. 그러다가 서로에게 지나간 시간의 안부를 물었다.

안타깝게도 로또가 짖어 대면서 다가오자 스타는 천천히 몸을 일으켰다. 이제 스타는 로또를 상대할 만큼 몸이 강하지 않았다.

"로또, 오랜만이구나!"

스타는 상대를 보고는, 그렇게 한마디 뱉어 내고는 모든 상황을 받아들였다. 이제 스타는 상대를 압도하는 카리스마 넘치는 앞모습보다, 쓸쓸한 뒷모습을 보이면서 살아갈 수밖에 없었다. 그만큼 몸이 약해져 있었다.

수채는 무진이와의 이별을 이미 예감하고 있었다.

서로 학교가 달라지자 시간이 엇갈리기 시작했다. 만나는 시간도 줄었다. 특히 지난 여름방학 이후 무진이는 예전만큼 밝게 웃지 않았다. 약속 시간을 잡을 때조차도 자주 망설였고, 수채가 손을 잡아도 예전만큼 힘을 주지 않았다. 처음에는 미래에 대한 고민 때문에 그러는 줄 알았다. 그러면서도 마음 한 구석에서는 이러한 현상들이 이별의 전주곡일지도 모른다고 불안해했으며, 그러한 예감을 짓누르려고 얼마나 애썼는지 모른다.

무진이가 이제 정리하자고 했을 때도, 별로 놀라지 않았다. 언젠가는 이런 날이 올 줄 알았다. 당연한 일이지 않은가. 어쩌다가 중고등학교 때 만난 첫사랑을 결혼까지 끌고 가는 이들도 있으나, 그건 예외일 만큼 드문 일이니까. 다만 헤어지는 과정이 중요할 뿐이다.

무진이는 그 이유를 이해시키지 않았다.

"내가 싫어졌어?"

수채는 분명하게 물었다. 만약 그렇다고 대답한다면 미련 없이 돌아설 준비도 되어 있었다. 무진이는 수채의 눈을 피하면서 그런 건 아니라고 애매하게 말꼬리를 흐렸다.

"다른 여자 생겼어?"

무진이가 당황하면서 고개를 끄덕였다. 수채는 저도 모르게 깊은 한숨이 나와 버렸다. 놀랍게도 그동안 살아오면서 뇌에다 담아 놓았던 욕설이 바글바글 끓어서 얼마나 놀랐는지 모른다. 무진이는 지난 5월에 새로운 여자친구를 알게 되었다고 하면서, 지금은 그 친구가 수채보다 더 좋아졌다고 털어놓았다.

수채는 억지로 웃으면서 이런 현실을 받아들였다. 어쨌든 무진이 때문에 힘든 시간 잘 버티어 냈으니까.

무진아, 넌 내 살처럼 고마운 친구야!

그 말까지 뱉었더라면 좋았을 텐데, 자꾸만 눈물이 솟구쳐서, 알았다고 하면서 일어났다. 아무리 침착하려고 해도, 수채는 감정을 통제할 수 없었다. 얼굴에는 땀인지 눈물인지 모를 액체가 흘러내렸다. 휘파람을 불어도 진정되지 않았다.

이럴 땐 휘파람도 소용없구나!

그저 발만 믿고 무작정 걸었다. 걷다 보니 덤덤이랑 산책하던 하천길이 나오고, 물가에 쪼그려 앉아서 얼룩진 얼굴을 씻다가 물주름만 바라다본다.

참으로 지긋지긋한 일이다. 그 순간에 서연이한테 메시지가 왔으니 말이다. 대체 무진이하고의 일을 어떻게 알았는지 몰라도 수채를 비꼬았다.

"그것 봐라. 내가 그래서 사귀지 말라고 했잖아? 난 걔 여친도 알아."

수채는 자기 자신을 모두 도려내고 싶었다. 할 수만 있다면 지금까지 살아온 모든 시간을 다 버렸을 것이다. 수채는 집에 와서 덤덤이를 끌어안고 엉엉 울어 버렸다.

　잠들 무렵 수진이한테 처음으로 문자를 보냈다. 잘 지내냐고 안부를 물었다. 곧장 답장이 왔다.

　ー수채야, 안녕. 나 잘 지내. 먼저 톡 줘서 고마워.

　신기하게도 그렇게 수진이의 일상적인 소식을 듣기만 해도 마음이 편해졌다. 수진이는 학교에 가지 않아서 너무 좋다고 했다. 진심으로 부러웠다. 순간적으로 수채도 학교 가기 싫다고 말하려 했다가 그만 얼굴을 문지르고야 말았다. 부모님을 비롯하여 자기 자신을 설득시킬 자신이 없었으니까.

　다음 날 수채는 수진이를 만났다. 수진이라도 만나 수다를 떨면서, 자꾸만 떠오르는 무진이에 대한 기억의 순을 눌러야만 견딜 수 있었다.

　새삼 친구의 존재를 깊게 생각했다. 친구란 깊은 이야기를 나누지 않아도, 그냥 이렇게 만나서 수다를 떨기만 해도 위로가 되는 살아 있는 마약이다.

　수진이도 덤덤이 이야기만 나오면 집중하면서 재밌다고 호호호 웃었다. 수진이는 감정이 풍부해서, 어머나! 그랬어? 진짜아! 와아, 대박이다! 가슴 아파! 불쌍해라! 뭐 그런 식으로 자신의 감정을 드러낸다.

　스타에 대한 이야기는 한동안 사람들 입에서 돌고 돌았다. 이제 진돗개 스타는 다른 개들을 힘으로 압도하지 못한다. 절룩거리는 오른쪽 앞발을 심하게 다친 상태다. 사람들은 그를 보고 영원한 것은 없다는 말을 자주 읊조렸다.

스타는 화려했던 추억이 남아 있는 골목으로 내려오지 않았다. 유일하게 수채네 마당까지만 왔으며 그것도 이웃집 로또의 눈치를 살펴야만 했다. 사람들은 권력을 상실한 그를 측은해하면서 챙기려고 하였으나, 그는 사람들이 주는 먹이를 단호하게 거부했다.

수채가 휘파람 불면 스타는 어슬렁어슬렁 나타난다. 다만 예전처럼 자기 몸을 만지게 하지는 않는다. 그만큼 인간에게 받은 상처가 크다는 뜻이다.

수채는 숲에서 스타를 만나면 가만히 앉았다. 스타도 일정하게 거리를 두었다. 수채는 주절주절 자기 이야기를 했다. 참 이상한 일이다. 그러고 나면 뭔가 위로받은 기분이다. 참 신기하다. 부모님에게 할 수 없는 이야기를, 덤덤이나 스타한테는 저절로 말을 하게 되니까.

눈이 내린다. 소복소복 쌓이는 습기가 많은 눈이다. 눈은 언제나 신비롭다. 이미 과학적으로는 어찌하여 눈이라는 결정체가 탄생하는지 다 알려졌어도, 막상 그것을 보면 과학이 알려 주는 비밀을 초월하는 어떤 영원함을 상상하게 된다.

도시로 내리는 눈은, 땅에 닿는 즉시 침몰한다. 눈은 내리자마자 인간이 뿌린 염화칼슘의 화학적 공격을 받는다. 눈은 서글프다. 추운 겨울을 가장 환상적인 축제 시간으로 꾸미는 신의 배려마저 인간이 거부하니까.

수채가 사는 마을에서는 눈이 인간을 압도한다. 삽시간에 세상을 하얗게 마비시키는 그 마법 앞에서 과학은 잠시 초라해진다. 눈이 모든 길을 차단하면 그제야 인간은 어쩔 수 없이 욕망의 걸음을 멈추고, 살아온 걸음과 살아가야 할 걸음에 대해서 잠시 생각에 잠긴다.

인간들에게는 고립이어도 개는 눈보라가 불편하지 않다. 스타와 덤덤이는 하얀 눈마당에 나란히 앉아 있다. 덤덤이랑 스타는 남과 여라는 근원적 경계를 이미 초월한 어떤 영적인 친구였다. 이미 그들에게는 이성의 본능 따위는 중요하지 않았다.

아무리 스타가 은밀하게 왔다가도 대장인 로또는 그 흔적을 찾아낸다. 그때마다 로또는 화를 내면서 마구 뒷발로 눈을 파낸다. 로또는 스타가 내려오기를 기다렸다가 기습 공격을 하기도 했다. 무방비였던 스타는 이내 중심이 무너지면서 뒹굴었다. 예전이라면 상상도 못 할 일이다. 스타는 상대에게 굴종한다는 의미로 꼬리를 내리고 자신의 배를 고스란히 드러낸다.

스타는 상대가 자기 배를 드러내고 복종하면 더 이상 공격하지 않았다. 로또는 다르다. 로또는 아직까지 자기 감정을 조절하지 못했다. 배를 드러낸 스타를 거칠게 물어뜯었다.

　로또의 화풀이가 심상치 않자 덤덤이가 둘 사이로 뛰어들었다. 당황한 로또가 남자들만의 일이니 비키라고 화를 냈다. 로또는 오늘이야말로 스타에게 본때를 보여 주겠다고 작정한 셈이다. 덤덤이는 그 분노를 두려워하지 않고 맞섰다. 결국 로또가 물러선다. 모든 사태가 진정될 즈음 스타는 꼬리를 숙인 채 비틀비틀 사라진다.

영혼의 집으로 간 상량식 마룻대

그해 겨울부터 수채는 드럼의 리듬을 받아들이기 시작했다. 드럼이랑 한 몸이 되는 것 자체가, 잡념이 고일 수 없게 하여 마음을 텅 비게 한다는 어느 유튜버의 말에 용기를 냈다. 당근마켓에서 중고 전자드럼을 구입하고, 날마다 모든 근육을 드럼의 비트에다 몰입하니까 진짜 무아지경에 빠져들었다. 그렇게 두드림의 충동 속으로 빠져들수록 잠깐이라도 아픈 가슴을 쉴 수 있었다.

2월도 반이 지나갔다. 벌써 양지바른 땅에서 풀이 눈을 뜨고 있다. 봄풀은 땅과 바람과 햇살 그리고 빗물의 교감 속에서, 스스로 상상력을 앞세워 깨어난다. 그러니 혼자만의 삶이 아니다.

언제부턴지 수채는 집 주변의 나무나 풀꽃, 계곡 그리고 작은 바위를 보면, 그들의 지나온 시간이 궁금해진다. 왜 그럴까. 공부 시간에도 그렇게 호기심이 꿈틀거린 적이 없다. 학생 강수채의 급소나 다름없는 수학이나 물리 공포증이 사라지지 않아도 좋으니까, 제발 그렇게 궁금증이라도 생겼으면 좋겠다.

수채는 덤덤이를 데리고 뒷산 언덕으로 올라간다. 숲길에 들어서자 가슴속에서 뭔가 두근거린다. 등산객들도 모르는 이 길, 개를 비롯하여 숲의 섭리만을 믿고 살아가는 것들만이 다니는 이 길. 길은 수채가 처음 이사 왔을 때하고 많이 달라졌다. 구불구불 더 난해해졌다. 불과 몇 년 새 길은 수많은 이야기를 먹었다. 길의 계율은 불안정 속에서 끊임없이 변화를 지향한다. 미완성 속에서 변화하고, 완성되는 순간 길은 숨이 막히면서 그 영원함을 잃는다.

골짜기가 개발된다는 소문이 들린다. 이 길이 얼마나 살 수 있을지 모르겠다. 문명이 개입하는 순간 길은 자유로움을 잃고, 오직 인간만을 위한 콘크리트로 태어날 테니까.

수채는 골짜기가 나오자 잠시 눈을 감았다. 이곳에 살다간 것들의 숱한 노래와 울음이 잠들어 있는 골짜기가 오늘따라 적막하다. 이 골짜기에 수백 채의 아파트가 들어선다니……그 풍경이 어떠할지 상상조차 하기 싫다.

덤덤이가 골짜기로 이어진 길에서 춤인지 뜀박질인지 그 경계가 모호한 몸놀림으로 흐느적거린다. 덤덤이는 그 길을 가지고 놀았다. 수채도 달린다. 그 길이 살아온 시간까지는 아니어도 굽어지고 휘어지고 오르막에다 내리막에다 진흙 바닥에다 풀들까지 들어찬 그 길의 넉넉함을 이해해야만, 비로소 자유로움을 만끽할 것이다.

수채도 흥이 오른다. 일부러 속도를 늦추고 마음속으로 드럼의 비트에다 온몸을 맡긴다. 자기 몸을 새로운 세계에다 던지는 것을 두려워하는 수채가 드럼을 치겠다고 나섰으니, 소두의 말처럼 지금까지 그녀가 한 일 중에서 가장 용기 있는 일이었다. 그러다가 강렬하게 짖어 대는 덤덤이 목소리에 깜짝 놀랐다.

슬레이트집 마당으로 뛰어드는 순간, 수채는 입이 딱 벌린 채 굳어 버렸다. 정말 거대한, 까만 도사견 세 마리가 덤덤이를 에워싸고 있다. 도대체 어디서 나타났는지 모른다. 덤덤이는 수채를 보며 다급하게 도움을 요청했다. 그들은 이미 턱을 낮추고 덤덤이의 빈틈을 예리하게 노려본다.

"야, 안 돼! 싸우면 안 돼! 가아, 가아, 어서 가라고!"

수채가 나뭇가지를 집어 들고 휘둘렀다. 그중 대장으로 보이는 도사견이 얼굴을 돌리고는, 한순간에 저 산을 씹어 삼킬 것 같은 무시무시한 이를 드러낸다. 계속 그렇게 나뭇가지를 휘두르면서 너도 공격하겠다는 일종의 선전포고다. 겁먹은 수채는 뒷걸음질 치다가 중심을 잃고 넘어졌다. 다행스럽게도 도사견들은 더 이상 수채를 공격하지 않았다.

수채는 다급하게 소두에게 전화를 걸었다. 소두는 시내 마트에 있었다. 소두가 119에 전화를 하라고 하였다. 수채는 다시 전화번호를 누르다가 누군가의 기척에 놀라 그만 핸드폰을 떨어트렸다.

민수가 뒤쪽에서 걸어왔다.

"야, 니네 개구나! 어서 불러. 우리 덤덤이가 위험해."

수채가 소리쳤다. 도사견들은 여전히 덤덤이를 포위한 채, 공격 명령만을 기다리고 있었다. 잘 훈련된 개임을 알 수 있었다.

"야, 어서 말해. 잘못했다고 사과해!"

민수의 눈빛이 도사견처럼 빛났다. 수채는 대체 뭘 사과하냐고 민수를 쳐다보았다.

"그걸 몰라서 물어. 내가 이 순간을 얼마나 기다렸는지 알아. 그때 그 일 이후, 내가 네 돈을 뺏으려고 했다고 노발대발하던 날 이후부터……."

그제야 무진이 말이 떠올랐다. 민수가 너한테 복수하려고 칼을 갈고 있으니까 조심하라는 그 말이 떠오르면서 온몸이 진저리쳐졌다. 소름이 돋았다. 어느새 수채의 무릎이 꺾였다.

"야, 어서 사과하라고. 개처럼 기어서 내 발바닥을 핥으면서 잘못했다고 빌어. 내가 좋아한다고 고백했을 때 거절한 것부터, 미주랑 같이 날 무시한 것, 도서관 앞에서 돈을 뜯어내려 했다고 모함한 것…… 어서 개처럼 기어! 내 발바닥 핥아! 안 그러면 니네 개는 죽어. 저 개들은 안 봐줘!"

민수가 운동화를 팽개쳤다. 양말을 벗고, 발바닥을 수채 앞으로 내밀었다. 눈빛을 보니, 벌써 그 속에서 악마가 이글거렸다.

겁에 질린 수채가 움칠 물러나면서 부들부들 떨었다.

"제발, 어서 개를 불러!"

"이년이 아직도 정신을 못 차렸네! 난 너한테 손 하나 안 대. 마지막 경고다! 우리 개들이 달려들면, 너희 개는 몇 초 만에 끝이야!"

"아악, 안 돼!"

민수가 왼손으로 입술을 잡고 비틀면서 짧고 날카롭게 휘파람을 불었다. 그 소리를 신호로 대장으로 보이는 개가 덤덤이를 향해 달려들었다. 덤덤이가 재빠르게 피하며 상대의 다리를 물자, 다른 놈들이 동시에 공격했다. 덤덤이는 그들을 피했지만, 대장을 보지 못했다. 대장은 그의 몸속에 묻혀 있던 살육의 본능을 최대치로 끌어올리면서 덤덤이 뒷다리를 물었다. 대장은 호랑이의 다리뼈도 걸려들기만 하면 단숨에 으스러트릴 수 있는 턱에다 힘을 집중시켰다.

수채는 귀를 막으면서 제발 그만하라고 소리쳤다.

민수가 빈 깡통을 차면서 웃어 댔다. 비열한 웃음소리가 커질 때마다 민수는 더 작고 뾰족해진다. 저렇게 작아지고 작아지면 인간의 탈이 벗겨지고 흉악한 악마의 모습만 남을 것이다.

"제발, 제발 그만해. 그만하라고! 시키는 대로 다 할 테니까……."

수채는 무릎을 꿇고 기어가며 끄억끄억 울었다. 민수는 자기 감정을 조율하는 리듬을 완전히 놓아 버렸다. 수채 앞으로 발바닥을 내밀었고, 골짜기가 터지도록 욕설을 퍼부었다.

그때 스타가 마당으로 뛰어들었다.

수채가 고개를 흔들었다. 안 된다. 스타도 당해 낼 수 없다. 더구나 스타는 다리까지 절고 있다. 덤덤이도 도와 달라고 소리치는 것이 아니라 어서 가라고 애원하고 있었다. 마루 밑으로 몰린 덤덤이 얼굴은 이미 피투성이다.

도사견들은 절룩거리는 상대를 확인하자마자 이내 비웃었다. 좋은 말로 할 때 어서 꺼지라는 뜻이다.

민수가 다시 손으로 입술을 잡고 휘파람을 불었다. 날카로운 휘파람 소리가 칼이 되어 허공으로 발사되었다.

"저런 절름발이 개는 천 마리가 와도 우리 개들을 당해 낼 수 없지!"

덤덤이는 간신히 상체를 일으켜서 두 발로 나머지 몸을 끌고 스타가 있는 곳으로 가려고 했다. 순간 로드킬당한 두꺼비들이 연상되었다. 차바퀴에 치여 납작해진 자기 육신을 짧은 앞발로 아등바등 끌고 가려고 하는 생의 마지막 집념이.

민수가 도사견의 이름을 부르면서 연달아 휘파람을 불었다. 개들이 한꺼번에 공격했다.

수채는 제발 그만두라고 소리치다가 자기 입에서 아무런 목소리도 나오지 않는다는 사실을 알았다. 절망적이다. 이렇게 절망적이었던 때가 있었을까. 신을 믿지 않았던 것을 처음으로 후회하면서 하늘과 땅을 번갈아 본다.

그때 휘파람이 흘러나온다. 고요하게 자기 내면을 표현하면서 리듬을 타는 소리가 아니다. 짧게, 급하게, 끊어서, 토해내는 소리다.

"어쭈구리! 이년도 휘파람으로 개를 통제하네! 그래 봤자, 병신 절름발이다!"

민수는 개처럼 고개를 쳐들고 낄낄거리다가, 더 강하게 입술을 비틀어서 휘파람을 불었다. 그에 비해서 수채 휘파람은 낮고 깊다. 짧고 단순한 소리에는 많은 뜻이 담겨 있다. 제발 이제 싸움을 그만두라는 뜻이고, 스타한테는 어서 달아나라는 뜻이다. 그러면서 수채는 그동안 함께했던 개들을 떠올린다. 이웃집 선생님네 사과랑 수박이 있었더라면, 이웃집 로또가 지금 달려온다면, 작지만 지혜로운 타르트를 비롯하여 만국기 아저씨네 개들까지 간절하게 떠올린다.

스타는 휘파람 소리를 들을 때마다 걱정하지 말라고 꼬리를 흔들었다. 스타는 힘이 아니라 노련함으로 그들을 상대했다. 한 마리가 단숨에 스타의 목숨을 끊을 수 있는 아가리를 내밀자, 낮게 몸을 비틀어 피하면서 앞발로 녀석의 눈을 내리쳤다. 날카로운 발톱이 녀석의 왼쪽 눈을 정확하게 타격했다. 녀석이 괴롭게 소리치면서 뒹굴었다.

민수가 더욱 크게 휘파람을 불었다.

그 소리가 개들의 흥분 지수를 자극했다.

스타는 펄쩍 뛰어 마루로 올라갔다가 뛰어내리면서 다시 한 놈의 얼굴을 앞발로 내리쳤다.

뜻밖에도 상대가 만만치 않은 놈임을 확인한 도사견들은 화가 날 대로 났다. 스타는 마루 밑에 있는 굴속으로 달아났다. 스타는 이 집에 대해서 잘 알고 있다. 이 집은 스타의 우군이었다. 스타는 굴을 이용하여 개들을 공격하고 다시 굴속으로 달아났다.

모든 개들이 피투성이다. 그중 한 마리는 심하게 다리를 절고, 한쪽 눈에서도 피가 났다. 다른 한 마리도 귀에 심각한 상처를 입었다. 스타의 동작도 느려졌다. 앞발을 절었고, 턱 밑에는 핏물이 떨어졌다. 대장 개는 멀쩡했다. 스타는 마지막 일전을 준비하고는 집 뒤로 대장을 유인했다. 그곳은 마당보다 좁아서 서로 달아날 곳이 없었다. 오히려 스타에게 불리했다.

스타가 그런 상황을 모를 리가 없었다.

수채는 불안하게 스타를 바라다보았다.

스타는 그런 외통수로 대장을 유인한 다음, 슬쩍 등을 보였다. 장독대와 담 사이의 아주 좁은 공간이다. 그 순간을 대장은 놓치지 않았다. 육중한 몸이 스타를 덮쳤다. 스타는 살짝 몸을 돌리면서 대장의 목을 물었다. 치명적인 급소였다. 뒤늦게 따라온 다른 개들이 달라붙었다. 그곳은 너무 좁아서 다른 개들은 스타를 공격할 수 없었다. 진돗개보다 훨씬 큰 대장이 스타를 누르고 있었기 때문이다. 겉으로 보기에는 대장이 유리해 보여도, 실상은 밑에 깔린 스타가 그의 급소를 장악하고 있었다.

사자가 누를 공격할 때 종종 이용하는 전술이다. 사자가 거꾸로 누운 채 누의 목젖을 물고 늘어지면, 중력이 삽시간에 사자의 편이 되어서 상대를 땅바닥으로 쓰러트리기 위해서 잡아당긴다. 그때부터는 누가 얼마나 버티는가에 따라서 승패가 결정된다. 누가 오래 버티면 그의 급소를 물고 있던 사자가 지쳐서 포기하고 돌아설 때도 있다. 스타랑 대장 개의 싸움도 누가 더 오래 버티느냐에 달려 있다.

만약 주변이 자유롭게 움직일 수 있을 정도로 넓은 곳이었다면 대장 개가 힘으로 스타를 팽개쳤을 테지만, 이곳은 둘이 꽉 끼어서 좌우로 움직일 수 없었다. 그제야 다른 개들도 스타의 작전에 말려들었음을 알았다. 다른 개들은 대장이 괴로워할 때마다 짖어 대면서 스타를 공격하려고 했으나 어찌할 수가 없었다.

대장 개는 힘이 강했다. 스타의 예측보다 몇 배나 강력했다. 녀석은 뒷다리에 힘을 주고는 조금씩 뒤로 물러났다. 그때마다 스타는 자신이 살아온 모든 시간을 턱으로 모아서 힘을 주었다. 드디어 스타의 뒷발이 드러났다. 다른 개들이 달려들어 스타의 뒷발을 하나씩 물어뜯었다.

으드득, 스타의 모든 생이 부서졌다. 그래도 스타는 입으로 모은 힘을 풀지 않았다. 처음에는 시간이 스타의 편이었지만, 이제는 그들 편이었다. 대장은 조금만 버티면 스타의 턱 힘이 풀린다는 걸 알고 있었다. 스타는 자기 숨이 끊어져도 턱을 풀지 않을 작정이다. 그래도 턱으로 모인 힘이 뒷다리 쪽으로 흘러 나갔다. 스타는 급속하게 힘이 빠져나갔다. 어쩌면 영원한 친구 덤덤이를 지켜 줄 수 없을지도 모른다는 불안이 뇌를 흔들었다.

수채는 더 이상 휘파람을 불지 않았다. 아니 휘파람도 나오지 않았다. 그때 기적처럼 로또가 뛰어왔다. 로또는 수채를 보면서 꼬리를 흔들었다.

덤덤이가 뭐라고 소리쳤다. 로또는 곧장 뒤란으로 달려갔다. 놀란 민수가 발을 구르면서 입술을 찢어지도록 비틀어서 휘파람을 토했다. 그는 세상이 끝난 곳에서 도망쳐 나온 악마였다.

악마의 개들은 주인의 입에서 날아온 보이지 않는 칼이 찌를 때마다 움칠움칠 놀라면서, 다시금 사력을 다해 달려들었다. 그들은 이미 로또의 상대가 되지 않았다. 시베리아허스키 로또는 압도적인 힘으로 그들을 쓰러트리고 물어뜯었다. 아무리 악마가 휘파람 칼을 휘둘러도 그들은 달아났다. 그러면서도 그들은 악마의 휘파람 소리에 떨고 있었다. 개들의 뇌가 싸워야 한다고 명령해도, 그들의 몸은 달아나고 있었다.

대장의 턱을 물고 있던 스타의 힘이 풀렸다.

대장 개는 비틀거렸다. 바윗덩어리처럼 덮치는 로또의 공격에 비명조차 제대로 지르지 못했다. 로또가 대장의 목을 물었다. 저승사자의 덫만큼이나 강력했다. 대장은 몇 번 숨을 할딱이다가 눈을 감았다. 모든 것을 체념한 눈빛이다. 악마가 막대기를 휘두르면서 악을 썼다. 이미 목소리는 쉬어 버렸다. 대장은 미안하다고 살짝 꼬리를 흔들었다.

수채가 소리쳤다.

"안 돼! 로또야, 안 돼!"

그래도 로또는 턱을 풀지 않았다. 수채가 휘파람을 불었다. 조금 전보다 훨씬 부드러운 소리였다. 이제 다 끝났으니까, 상대를 놓아줘. 그런 뜻이 담겨 있었다.

로또가 꼬리를 흔들었다. 수채가 덥석 안았다.

대장은 간신히 숨만 할딱거릴 뿐 몸을 일으키지도 못했다. 악마가 대장을 안고 통곡했다.

"죽으면 안 돼, 죽으면 안 돼!"

대장의 이름을 부르면서, 자기 얼굴이 피투성이가 되도록 같이 아파했다. 조금 전 광기 어린 눈빛으로 날 선 휘파람을 뿜어 대고, 망나니처럼 막대기를 휘두르던 모습은 찾아볼 수 없다. 만약 사람이 영혼을 잃어버린다면 저런 모습이리라.

스타는 마당을 벗어나고 있었다. 개가 치명적인 상처를 입었어도 걸을 수 있었던 것은, 짧은 다리 덕이다. 땅에서 살아가는 것들은, 결국 땅과 자신과의 거리를 좁혀야만 한다. 그래야 땅의 위로를 받을 수 있다. 개는 땅을 느끼면서 살아가려고, 땅하고 친구 하면서 살아가려고 저렇게 짧은 다리를 고집했다. 비틀거리는 통에 땅하고 더 가까워진 스타는, 설령 쓰러지더라도 땅이 받아 줄 것이며, 다시금 일어날 때도 땅이 일으켜 세울 것이다.

스타는 그의 조상들이 그랬듯이 땅만 믿으면서, 자기만이 알고 있는 길을 존중하면서 절룩절룩 걸어간다. 수채가 쫓아가다가, 슬쩍 휘파람을 불었다. 스타는 꼬리를 몇 번 흔들어 주었다.

소두는 피투성이 덤덤이와 수채를 차에 태우고 가면서, 괜찮아, 괜찮아…… 그 말만 계속 되풀이했다. 동물병원에 도착하여 덤덤이 상태가 확인되자 그제야 소두는 수채를 안고 부들부들 떨었다.

이번에는 수채가 소두에게 괜찮다고 해 주었다.

"목숨에 지장 없다니까, 이제 괜찮아. 근데 스타가 걱정돼. 엄청 다쳤을 텐데, 치료받아야 하는데……."

"집에 가면 찾아서 꼭 치료해 주자."

소두는 그날 경찰에 이 사건을 접수했다. 한밤중에 민수 아버지 안 사장이 수채네 집에 왔다. 수채는 방문을 닫고 나가지 않았다.

갑자기 시언의 흥분한 목소리가 집을 흔들었다.

"어서 나가요, 어서! 당신 같은 사람하고는 상종도 하기 싫으니까, 어서 나가라고요!"

그렇게 화난 시언의 목소리를 수채는 처음 들었다. 다른 사람의 목소리 같았다. 안 사장이 집을 나갔다. 그제야 수채가 거실로 내려갔다. 그때까지도 시언은 분노한 눈빛을 풀지 못하고 씩씩거렸다. 뭔가 폭발하기 직전의 눈빛, 그것을 보니 온전하게 동물성이 느껴졌다. 이상하게도 수채는 그런 시언이 믿음직스러웠다. 스타나 로또만큼이나 믿음직스러웠다고 한다면 소두와 시언이 화를 낼 수도 있겠지만, 그 순간만큼은 그렇게 표현하고 싶었다.

소두가 수채에게 상황을 설명했다. 오후 내내 안 사장이 만나자고 했지만 거절했더니 이렇게 집으로 들이닥쳤고, 대체 어느 정도면 되겠냐고 합의금을 끄집어냈다는 것이다. 그 말에 수채도 분노가 치밀었다. 안 사장은 돈만 있으면 모든 게 다 해결된다고 믿는 사람이다. 새삼 미주가 아른거린다. 그때도 민수 패거리들은 미주 아버지가 거액의 합의금을 받았다고 비웃지 않았던가. 그 사실을 안 미주는 얼마나 허탈했을까.

그로부터 1시간쯤 지났을까. 이번에는 민수 어머니 배 교수가 초인종을 눌렀다. 소두가 할 말이 없으니까 돌아가라고 하자, 배 교수는 대문 앞에 무릎을 꿇었다. 소두는 저 여자 미친거 아니냐고 헛웃음을 터트렸다. 이웃들이 바깥 상황을 소두한테 전화로 알려 줬다.

결국 소두가 밖으로 나가서 배 교수를 집 안으로 불러들였다. 배 교수는 거실로 오자마자 다시 무릎을 꿇었다. 소두는 지체 높으신 분이 왜 그러냐고 하면서, 이렇게 해서 해결될 일이 아니라고 해도 움직이지 않았다. 수채도 황당했다. 대체 그분의 셈법을 짐작조차 할 수 없었다. 소두 역시 혼란스러운 눈빛을 짓다가 억지로 배 교수를 일으켰다. 배 교수는 울음을 터트렸다. 너무도 갑작스러운 일이라서 연극이 아닌가 의심이 들 정도였다.

배 교수는 가질 만큼 가진 사람이다. 더구나 민수는 친아들도 아니다. 그런데도 민수의 미래를 조금이라도 지켜 내기 위해서 온몸을 던졌다.

소두가 휴지를 내밀었다. 배 교수가 고맙다고 소두의 손을 꼭 잡았다. 남편이 돈으로 해결하려고 했던 어리석음에 대해서 몇 번이나 사과했다. 붉은 눈동자가 거짓이 아님을 말해 주었다. 배 교수가 수채를 쳐다보았다.

"수채야, 다만 아줌마가 민수 이야기를 조금만 할게. 민수는 장씨 아저씨를 잘 따랐단다. 그분이 민수 엄마 먼 친척 어른이거든. 난 민수 새엄마야. 민수 엄마는 민수가 여섯 살 때 돌아가셨어. 그치만 나랑 잘 지냈는데, 민수가 2학년 땐가부터 달라지는 거야. 민수가 워낙 체구가 작고 그래서 친구들하고 부딪치며 억울하게 당하는 일이 생긴 모양이야. 근데 우리가 적극적으로 나서서 자기를 놀리거나 때린 아이를 막아 주지 않으니까, 민수가 달라진 거야. 친엄마가 아니라서 그렇고, 아빠도 새엄마 편이라서 그렇다고. 사실 우린 그깟 일로 부모들이 사사건건 학교에 들락거리는 것이 옳지 않다고 해서 참은 것뿐인데, 우리가 민수를 너무 몰랐던 것이지. 그때부터 민수는 아무도 자신을 도와주는 사람이 없다고 생각했고, 혼자 살기 위해서는 강해져야 한다고 생각한 거야. 그래서 욕을 배우기 시작했다고 장씨 아저씨한테는 다 말했대. 당연히 아저씨가 달랬지. 그래도 소용없고, 내가 말해도 듣지 않고…… 여기까지 와 버린 거야. 그동안 사고 칠 때마다 화도 많이 났지만, 난 민수가 따뜻한 마음을 갖고 있다는 것을 알아. 그렇지 않고서야 개한테 그렇게 끔찍할 수가 없어. 사고 친 그 도사견들 말이야……."

개에 대한 이야기가 나오자 수채는 저도 모르게 집중했다.

민수는 부모님보다 장씨 아저씨를 더 좋아했고, 걸핏하면 그 집에 갔다. 그러던 어느 날 그 집 마당에서 병으로 앓고 있는 도사견을 보았다. 아직 한 살도 되지 않은 어린 개였다. 누군가 키우다가 골프장 근처에다 버렸을 것으로 추정되는 개는 차에 치여 정신을 잃었다. 그것을 장씨 아저씨가 집으로 데려와서 치료해 주었다. 민수를 만났을 때는 제법 마당을 뛰어다닐 정도로 몸을 회복했다. 신기하게도 도사견은 민수를 보자마자 따르기 시작했고, 집에 가려고 하자 마을버스 정류장까지 따라왔다.

민수는 도사견을 데리고 집에 왔다. 인간에게 버려진 도사견이 자기랑 운명이 비슷한 것 같아서 정이 갔다. 그때부터 민수는 도사견을 끔찍하게도 챙겼고, 근처에 도사견 유기견이 생기면 부모님 반대에도 불구하고 데려왔다. 그렇게 해서 세 마리까지 불어난 것이다.

"그런데 도사견을 데리고 가서 이런 짓을 할 줄은 진짜 몰랐다. 개들도 한 놈은 눈이 실명되었고, 한 놈은 다리뼈가 부러졌고, 한 놈은 턱뼈가 심하게 상해서……."

그 말을 들으면 들을수록 수채는 불편했다. 삐죽삐죽 돌멩이 같은 말들이 가슴속에 가득 찼다. 그래서 어쩌라고요! 민수 때문에 덤덤이는 장애견이 될 것이고, 스타는 지금 죽었는지 살았는지 몰라요. 그것을 어떻게 책임지시려고요? 수채는 배 교수에게 그렇게 따지고 싶었다. 민수의 과거에 대해서는 관심 없다. 왜 그것을 알아야 하는가.

덤덤이는 세 번이나 수술했다. 그 작은 우주는 헤아릴 수 없을 만큼 파괴되었고, 그렇게 부서진 뼛조각을 찾아서 하나씩 맞추고 고정하는 시간이란, 그 생명이 인내할 수 있는 고통의 경계를 넘어서는 일이었다. 그래도 덤덤이는 수채만 보면 스타만 걱정했다. 수채는 덤덤이를 볼 때마다 스타 이야기를 해주었다.

"덤덤아, 걱정 마. 어제도 아빠랑 엄마랑 같이 찾아다녔어. 스타는 강하잖아? 보통 개하고 달라. 너도 봤잖아, 자기보다 훨씬 큰 도사견 세 마리하고 싸우는 것을. 정말 대단한 개야. 내가 지금까지 본 개 중에서 가장 훌륭한 개야."

'훌륭하다'는 말보다 더 대단한 언어가 있었다면, 망설임 없이 표현했을 것이다. 수채는 순간적으로 스타랑 미주의 얼굴이 겹쳐졌다.

덤덤이가 퇴원하기 전날, 수채는 뒷산 골짜기에서 스타하고 마주쳤다. 낮게 휘파람을 불자 슬레이트집에서 스타가 걸어 나왔다.

슬레이트집은 서서히 자신이 태어난 아득한 곳으로 돌아가는 중이다. 벽이란 벽은 다 허물어지고, 그들의 귀향을 돕던 마른 풀들이 방에서 뒹굴고 있다. 집의 경계를 굳건히 지켜온 돌담도, 영혼의 더듬이가 사라진 집의 아픔과 슬픔만큼은 감당할 수 없는 모양이다. 어쩌면 이제 놓아 버려야 할 때가 되었는지도 모른다.

스타는 마당에 앉아 있다가 인기척을 감지하자 마루 밑으로 피했다. 개도 나이가 들면 작아진다. 뼈가 세 동강이 나 버린 왼쪽 뒷다리는 땅에 딛지도 못하고 들고 다녔다. 오른쪽 앞발도 절룩거렸으며, 바람 소리까지 채집할 수 있을 정도로 쫑긋 솟은 귀도 너덜너덜해져 있었고, 등은 원형탈모처럼 여기저기 털이 빠져나갔다. 특유의 눈빛만 빼고는 예전 그의 모습을 찾을 수 없었다.

수채는 눈시울을 문질렀다.

"스타야, 제발 나랑 같이 병원에 가자. 덤덤이도 내일 퇴원해. 대단하지. 전신마취 수술만 세 번이나 했어. 예상보다 결과가 좋아서, 혼자 걸어 다닐 수 있게 되었어. 너도 치료받아야 돼. 그 몸으로는 살 수 없어."

스타는 꼬리를 흔들더니 돌담 개구멍으로 빠져나갔다. 수채가 따라갔다. 스타의 절룩거리는 걸음마다 절박하면서 어떤 절제된 경건함이 느껴진다. 수채가 진달래꽃이 핀 바위의 진실을 처음으로 알았던 그 숲 앞에서, 스타는 뒤돌아보았다. 어떤 말도 하지 않았다.

수채도 입을 열지 않았다. 휘파람을 불까 하다가, 스타의 침묵을 침묵으로 해독하고 싶었다. 스타는 남은 생을 스스로 책임지겠다고 침묵으로 전해 왔고, 수채는 그 뜻을 존중하겠다고 침묵으로 대답했다. 그러고 나자 진달래 바위가 숨겨진 숲속으로 사라지는 스타를 편안하게 보내 줄 수 있었다.

덤덤이가 퇴원하던 날, 민수하고 배 교수가 찾아왔다. 민수는 약간 더듬거리면서 말했다.

"장씨 아저씨가 돌아가시고, 아주 오랜만에 하우스 집에 갔다가 너를 생각했지. 그러자 괜히 분노가 치솟고, 그래서 개를 통해서 복수하기로 생각했고, 개들을 훈련시키면서 그날만 기다린 거야. 다 내 잘못이야. 미안해. 수채야, 진심으로 사과할게."

민수의 눈빛이 붉어져 있었다. 수채는 그런 눈빛뿐만 아니라 말하는 품새, 자꾸만 허둥거리는 몸짓을 보다가 저도 모르게 고개를 돌린다. 그에 대한 분노로 뜨겁게 달궈진 말들이 입안에서 어지럽게 굴러다닌다.

"그래서 어쩌라고? 나한테 어쩌라고? 난 널 용서할 수 없어. 앞으로 어떻게 할지 그건 몰라도, 난 그래……. 그러니까 어서 가."

수채의 순한 눈빛, 겁이 많아 보이는 커다란 눈동자 속에는 시퍼런 분노가 가득 차 있었다. 수채는 그런 눈빛을 숨기지 않는다. 산불로 파괴된 숲은 스스로 생을 복원시키는 주술성이 있다는데, 악마의 마법에 파괴된 인간의 마음도 그랬으면 좋겠다고 또박또박 뱉어 냈다.

눈을 감은 배 교수 눈꺼풀이 움찔움찔 떨린다.

소두랑 시언은 아무런 말을 하지 않았다. 만약 화해를 강요했더라면, 부모님이었다고 해도 온몸으로 부딪쳤으리라.

수채하고 달리 개는 민수의 눈빛을 받아 주었다. 민수가 덤덤이 앞에 앉아 사과하고 용서해 달라고 하자, 놀랍게도 개는 긴 혀를 내밀어서 그의 손을 꼼꼼하게 핥아 준다. 그의 눈물까지도. 괜찮다고, 그러니까 앞으로 잘 살아가라고 꼬리까지 흔들어 주면서.

로또는 덤덤이를 끔찍하게 챙겨 주었다. 어떤 날은 종일 옆에서 보내면서 덤덤이 몸을 핥아 주었다. 덤덤이는 그런 로또에게 볼을 문지르면서 고마움을 표시했다. 그러면서도 눈빛은 숲으로 가 있었다.

처음 며칠간은 제법 걸음걸이가 믿음직스러워서 재활만 잘하면 다시 뛸 수 있겠다는 희망을 주었다. 의사도 분명 그런 표현을 했건만, 일주일쯤 지나자 갑자기 고통스러워하면서 일어나지도 못했다. 의사는 수술 부위에 침투한 세균 때문이라고 했다. 덤덤이는 일주일간 입원 치료를 받았다. 퇴원하던 날 의사는 덤덤이 몸이 약해져서 여러 가지 세균에 취약하니까 당분간 조심해야 한다고 했다.

덤덤이는 집 안으로 들어오게 되었다.

달맞이꽃이 덤덤이 집 주위에서 향기를 뿜어 대던 어느 날이다. 이모 생신이라고 가족모임이 있어서 수채는 소두를 따라나서다가 덤덤이를 보았다. 덤덤이는 창가에 앉아서 자기 집 근처에 핀 달맞이꽃을 보고 있었다.

"덤덤아, 갔다 올게."

꼬리를 흔들던 덤덤이는 왠지 기운이 없어 보였다. 그게 안타까워서 수채는 덤덤이를 꼭 안아 주었다. 덤덤이는 마당으로 나가고 싶어 했다. 그래야 친구들을 만나고, 스타를 기다릴 수 있다. 그걸 알면서도 덤덤이를 마당으로 내보낼 수가 없었다. 그만큼 약해져 있었다.

수채네 식구는 자정이 넘어서야 집으로 돌아왔다. 수채는 마당으로 들어설 때부터 덤덤이를 불렀다. 그날따라 수채의 목소리가 이상하게도 메아리쳤다.

현관문을 여는 수채의 목소리가 은연중에 떨린다.

수채는 신발장 앞으로 들어가다가 비명처럼 덤덤이를 불렀다. 뒤따라온 소두가 수채의 어깨를 꼭 잡았다. 덤덤이는 거실 창가에서, 그대로 주저앉은 채 움직이지 않았다. 덤덤이가 토해 놓은 토사물이 거실 곳곳에 보였다. 아마도 극심한 통증과 함께 배 속 저 아득한 곳에서 거꾸로 솟구치는 것들을 토해 내고는, 창가로 와서 주저앉은 모양이다. 어쩌면 마지막으로 아름다웠던 세상을 보고 싶었는지도 모른다.

"덤덤아! 덤덤아!"

수채는 덤덤이를 흔들면서 소리쳐 불렀다.

덤덤이 몸은 굳어 버렸고, 입은 헤벌어져 있었다. 다행히도 눈은 감고 있었다.

세 사람은 덤덤이를 끌어안고 울었다.

전혀 예상하지 못한 일이다.

어떻게 알았는지 로또의 울음소리가 구슬프게 퍼져 나갔다. 수채는 마당으로 나가서 로또의 목을 끌어안고 함께 울었다. 진달래꽃이 사는 바위가 아른거렸다. 수채는 고개를 흔들다가 아기를 묻던 사과를 떠올렸다.

수채는 로또한테 덤덤이를 뒷산 언덕배기에 있는 아름드리 참나무 밑에다 묻어 주겠다고 속삭였다. 당장 장례식을 치르기로 했다. 어서 흙으로 들어가서 편히 쉬라고, 더 이상 걸을 걱정, 뛸 걱정, 수술 걱정 하지 말고, 편안하게 쉬게 해 주고 싶었다.

수채의 말에 소두와 시언은 묵묵히 고개를 끄덕였다. 세 사람은 죽은 개를 걸레로 깨끗하게 닦고, 입안에다 사료를 조금 넣어 주었다.

"저승길에 배가 고플지도 모르니까, 밥을 주는 거야."

시언이 옹알이에 가깝게 말했다. 한지로 덤덤이 몸을 감쌌다. 소두가 한지 틈에다 동전도 몇 개 넣었다. 저승 가는 길에 쓰라고 주는 노잣돈이다. 시언이 죽은 덤덤이 시체를 안고 나서고, 그 뒤를 소두랑 수채가 따라간다.

로또는 이미 뒷산 언덕배기에 가 있다. 사과의 아기가 묻혔던 그 참나무 밑이다.

수채는 아기 무덤의 위치를 정확히 알고 있었다. 아기 무덤 옆에다 묻어 주기로 했다.

수채는 나무를 꼭 안고, 그 거칠거칠한 살에다 볼을 비빈다. 얼마나 많은 슬픔과 아픔을 먹어야 이렇게 단단해질 수 있을까.

달은 이 세상 모든 개들의 눈이 합쳐진 것처럼 파랗게 부풀어 있다.

시언이 마당으로 가서 덤덤이의 집을 허물고 상량문이 적힌 마룻대를 뜯어 왔다. 무덤이 영혼의 집이니까, 일부러 덤덤이가 살았던 집에서 상량문을 가져온 것이다. 땅을 파고 그곳에다 마룻대를 놓았다.

수채가 소리 내어 마룻대에 쓰인 글을 읽는다.

"성스럽게 하늘이 맑은 20**년 양력 2월 27일, 강시언, 김소두, 강수채는, 모든 정성을 모아 덤덤이의 초가집을 짓다……덤덤아, 네가 살았던 집을 땅속으로 가져온 거야. 그러니까 여기서 편하게 잘 살아."

그 위에 덤덤이를 눕혔다. 마지막으로 수채네 식구들은 덤덤이한테 한 마디씩 하였다.

"덤덤아, 다음 생에는 더 근사한 개로 태어나서 잘 살아라."

"덤덤아, 더 잘해 주지 못해서 미안하다. 저승에 가서 잘 살아라."

"덤덤아, 나랑 같이 살아 줘서 고마워. 그리고 미안해. 내가 바빠서, 고등학교에 간 뒤로 많이 놀아 주지 못해서……."

그렇게 덤덤이는 태초의 자궁 속으로 사라졌다.

다음 날 저녁, 세 사람은 다시 덤덤이 무덤으로 갔다. 종일 식구들의 뜻을 모아 시언이 제문을 썼고, 덤덤이가 좋아하는 음식을 간단하게 차려 놓고 제사를 지내기로 하였다. 수채는 덤덤이 무덤으로 가면서 가늘게 휘파람을 불었다.

　유세차 서기 20**년 양력 **월 **일, 용인에 사는 강시언, 김소두, 강수채 그리고 로또와 숲속 어딘가에서 지켜보고 있을 스타 그리고 새로 이사 온 마을의 모든 개들은, 갑작스럽게 너를 보내면서 슬픔을 누를 길 없어 이 글을 지어 너를 추모한다.
　강수채가 눈치와 덤덤이라는 이름을 내밀었을 때, 우리 부부는 너무도 잘 어울리는 이름이라고 하면서 웃고 박수까지 쳤단다. 아파트에 살 때, 너희 둘 중 하나를 보낼 수밖에 없었을 때도, 분양받으러 온 사람이 너를 선택할까 봐 얼마나 조마조마했는지 몰라. 그만큼 우리 식구는 처음부터 너를 좋아했다. 특히 강수채는 더 그랬지. 만약 그 사람들이 널 데려가겠다고 선택했다면, 아마도 울면서 고개를 흔들었을 거다. 그만큼 넌 우리하고 인연이 있는 개였어. 이곳으로 와서도 낯선 사람을 보고 무덤덤하던 너는 덤덤이라는 이름이 정말 딱 어울렸어. 마당에서 뱅글뱅글 돌다가 뒷산 언덕을 지나 숲으로 뛰어갈 때마다 너는 늘 축제를 즐기는 것 같았고, 그때마다 우리는 네가 부러웠어.
　덤덤이여! 너는 늘 자유를 갈망하고, 우리가 알 수 없는 어떤 꿈을 꾸었지. 너는 숲을 보면서 무지개를 쳐다보는 듯한 황홀한 표정을 자주 지었고, 마당에 흐드러진 온갖 꽃들을 좋아했으며, 하얀 눈이 내리는 날이면 종일 눈밭에서 뒹굴던 덤덤이여! 너의 갑작스러운 죽음을 보면서 우리 식구는 한동안 숨이 멎어 버렸다. 아! 세 번이나 큰 수술을 받았지만 의사 선생님이 이제 걱정할 것 없다고 하기에 그 말만 믿고 있었지. 최근에 몸 상태가 나빠져서 다시 병원에 입원했을 때도 크게 걱정하지 않았어. 현대의학이 얼마나 발달했는데, 그까짓 세균 감염 때문에 큰 탈이 나겠니? 그래서 우리는 기운이 없는 너를 보고도 그냥 대수롭지 않게 지나쳐 버렸는데, 좀 더 꼼꼼하게 챙겨 주지 못한 우리가 원망스럽다! 아 정말 미안하다! 너의 우울한 표정을 보고도 며칠만 지나면 괜찮아질 줄 알았는데, 우리가 외출했을 때 불과 몇 시간 만에 숨을 놓아 버렸으니, 지금도 믿기지 않구나. 얼마나 외로웠을까. 얼마나 아팠을까. 어찌 손쓸 틈도 주지 않고 가 버린 네가 야속하구나! 우리의 우둔함을 원망한다. 너의 벗이었던 우리가, 너의 표정 하나 제대로 알아보지 못했으니, 정말 미안하다! 더듬더듬 응석 부림이 귀여워서 늘 아이 같았던 개여. 나 강시언이 쳐다보면 똑바로 보지 못했던 수줍음 많았던 개여. 꼬리 감고 뛰어다니던 흥이 넘쳤던 개여. 이제 이승에서의 미련이나 아픔은 놓아 버려라.

죽은 너의 무게를 온몸으로 감당하면서, 새삼 개와 인간의 삶이 별로 다르지 않음을 느꼈다. 강시언과 김소두는 너를 화장하여 숲에다 뿌릴까 했으나, 강수채가 이웃집 사과의 아기 무덤 옆에다 묻어 주자고 하였고, 우린 그 뜻을 받들어 조촐하게 장례식을 하였다. 상여라도 있었으면 좋았을 텐데 그럴 수도 없었고, 너를 고운 한지에 싸서 강시언이 꼭 안고 갔다. 강수채의 말처럼 그럴 수만 있다면 널 입에 물고 가고 싶었다. 덤덤이여, 그래도 내 가슴에 너의 무게가 느껴졌다. 너무 무겁고 벅차서 열 번도 넘게 쉬고 또 쉬면서 갔고, 무더운 여름날 너를 비롯하여 모든 마을의 개들이 편안하게 더위를 달래던 이 아름드리 참나무 밑에다, 보더콜리 사과의 아기 영혼이 잠든 그 옆에다 너를 묻었다. 처음에는 강수채만이 아는 골짜기 진달래꽃이 피어 있다는 그 바위 위에다 너를 묻고 싶어 했으나, 그곳이 실제 존재하는지도 모르고, 설령 존재한다고 해도 오를 수 없는 곳이니, 이 참나무 밑을 너의 무덤으로 결정했다.

덤덤이여! 상주 하나 없다고 너무 슬퍼 마라. 우리 모두가 상주였으니까. 로또를 비롯하여 새로 이사 온 마을의 개들, 숲속 어디선가 슬픈 눈으로 지켜보고 있을 스타 그리고 숲의 나무와 바람, 햇살, 온갖 새들, 온갖 동물들, 그들 모두가 상주였으니까. 아, 맞다. 달님이 장례위원장이었구나! 덤덤이여, 네가 묻은 땅은 부슬부슬 비벼 먹고 싶을 정도로 흙살이 좋았고, 낭창낭창 주위의 나무들도 가지가 마음껏 푸르르니 개로서 못 다 한 삶을 나무가 되어 노래하라. 그곳에 서면 우리 집이 훤하게 보이니, 우리 마을이 장하게 다 보일 터이니, 그것 또한 위로할 수 있을 거다. 그곳에 서면, 너의 그리운 들개 친구들이 살았던 슬레이트집으로 가는 길도 훤히 보이니, 그것 또한 위로가 될 거다. 덤덤이여, 이제 편안하게 떠나라. 덤덤이여, 요즘 들어 옛 친구 스타랑 자주 만나는 것을 보고 얼마나 흐뭇했는지 모른다. 우리는 로또도 좋아하지만 기실 은근히 너희 둘이 부부의 연을 맺기를 얼마나 바랐는지 모른다. 너도 보았지? 오늘 새벽 비틀비틀, 거의 땅에 닿을 듯한 몸을 이끌고서 네 무덤가로 다가온 스타를, 슬프게 애도하던 스타를. 우리는 스타가 바람처럼, 저 숲의 반짝거림처럼, 어떤 신화처럼 숲에서 영원할 거라고 믿고 있다. 그러니 스타의 걱정도 다 놓아버려라. 살 만하니까 우리에게 도움을 청하지 않고, 그의 조상들이 그랬듯 대자연의 기운을 믿고 버티는 거란다.

덤덤이여, 네가 알고 있는 다른 모든 친구의 슬픈 눈은, 어떻게 해서라도 우리가 안아 줄 테니……. 그래 그럴 테니, 이제 너는 편안히 가거라. 덤덤이여, 노란 털에 우리 토종개라서 누구나 친근한 눈길을 주었고, 뾰족한 턱과 날렵한 귀와 꼬리가 여우를 연상시켰던 너는 눈길이 좋았지. 그 눈길을 어찌 잊을 수 있을까? 덤덤이여, 네가 보고 싶으면 이 참나무를 슬쩍 돌아다볼 터이니, 너는 바람을 불러 살짝 가지를 흔들어 줘라. 이제 혼자 가는 숲길이 쓸쓸할 때면 너의 모습이 더욱 그리울 테지만, 덤덤이여, 우리 가족 모두의 삶을 풍요롭게 해 준 개여, 네가 죽어서야 인간에게 종속된 개라는 슬픈 운명을 버리는구나. 이제 너울너울 날아가거라. 더 이상 너를 부르지 않겠다. 아롱아롱 메아리마저도 슬퍼서 나오지 않을 터이니, 휘파람은 더더욱 나오지 않을 터이니, 더 이상 부르지 않고 그냥 묻어 두겠다. 덤덤이여, 땅을 파고 너를 눕히고, 죽은 자인 너에게 우리는 모두 소원을 빌었다. 이 세상 모든 개들이 행복하기를, 숲에 사는 모든 것들이 행복하기를 그리고 우리 식구가 행복하기를. 그러면서 너를 흙으로 덮었다. 개들은 죽은 자를 묻을 때 발로 땅을 파고, 흙을 코나 입으로 덮는다는 말을 강수채가 하였다. 우리도 연장을 버렸고, 비록 코나 얼굴은 아니지만 손으로 흙을 밀어서 덮었다. 모래밭에서 두꺼비집을 만들 듯이 손으로 토닥토닥하다가, 어느 순간 식구들이 일어나서 너를 밟아 주었다. 그러다가 아련히 내려다보는 우리 집이 안개 속에 흐릿하게 잠겨, 어디선가 네가 까불까불 꼬리치며 달려들 것만 같아, 그 그리움을 아무래도 감당하지 못할 것 같아, 더 이상 돌아보지 않고 내려갔다. 상향.

에필로그

—휘슬링 걸

  수채야, 안녕? 헤헤헤, 이렇게 내가, 내 이름을 부르니까 조금은 이상해. 그래도 더 크게 불러 보고 싶다. 수채야! 수채야! 수채야! 앞으로 끊임없이 내 이름을 부르면서 살아갈 거니까. 죽는 날까지 나를 대신하고 상징하는 수채라는 이름을, 난 너무 가볍게 생각했어. 부모님이 고뇌 끝에 내 몸에 새겨 준 생의 암호, 그것은 세상이 나를 인정하는 유일한 문이야. 그러니까 나는 그 문을 자랑스러워해야 해. 게다가 수채화처럼 맑게 살아가라고 지어 준 거잖아? 자꾸 내 이름을 부르다 보니까, 어떤 간절한 울림이 느껴져. 고요한 밤에, 모든 것을 내려놓은 채

눈 감고, 기도하는 마음으로 불러 본다, 수채야!

내가 내 이름을 부르니까, 이름의 색이 막 번지는 것 같아. 내가 이곳으로 이사 오고 나서 발견한 그 진달래 바위에서 사는 연분홍처럼, 세상의 온갖 얼룩이 번지면 번질수록 그 꽃은 더욱 선명해졌거든. 그 연분홍처럼, 내 이름의 색도 번지면 번질수록 더 선명해지는 거지. 그동안 잊고 있었던 나 자신의 정체성이 답하는 것 같고, 그러면서 괜히 코끝이 찡해지면서 경건해지기도 한다니까! 이름을 부른다는 것은 나도 모르게, 나의 근원을 생각하는 것이야. 그러니까 뭉클해지기도 하고, 눈시울이 촉촉해지기도 하지.

수채야! 내 생활은 별 변화가 없어. 아, 굳이 변화가 있다면, 나도 모르게 학교에서 자주 휘파람을 불게 되었어. 처음에는 나 혼자만이 느낄 수 있는 소리였어. 근데 그게 점점 자라나서 다른 아이들도 들을 수 있게 된 것 같고, 누군가의 입에서 내 별명이 생겨났어. 휘슬링 걸(Whistling Girl) 즉 휘파람 부는 소녀라고 말이야. 아이들 마음속에는, 아직은 자그마한 야성이 남아 있나 봐. 그러니까 휘파람 소리에 반응하는 것이지. 암튼 미래에 대한 특별한 계획 같은 건 없어. 그냥 살아갈 뿐이야. 그러기에도 벅차거든. 그런 내 자신에게 더 자주 말을 하고, 휘파람을 불기로 했어.

수채야! 정말 고마워. 네가 아니었으면 우리는 아파트로 이사했을지도 몰라. 덤덤이가 사라진 뒤로 가장 힘들어한 사람은 엄마야. 엄마는 밖에서 개 짖는 소리만 나도 하던 일을 멈추고 문을 열어 보았고, 특히 밤에는 거의 잠을 이루지 못했어. 약을 먹지 않으면 잠을 잘 수 없을 정도로.

살아갈수록 느끼는 건데, 진짜 마음이 아파 약을 먹는 사람이 많아. 왜 그럴까. 왜 우린 그렇게 마음이 아픈 사람이 늘어나는 걸까.

엄마는 덤덤이에 대한 그리움 때문에, 집 밖을 나갈 수도 없을 정도였어. 그러더니 어느 날, 아파트로 이사 가자고 한 거야. 다시는 개를 키우지 말자고 하면서.

아빠는 그 말에 고개를 끄덕였어. 나도 엄마 뜻에 따르기로 마음먹었어.

채 소장님이 맛있는 저녁을 사 준다고 해서 만났더니, 불현듯 엄마 이야기를 하면서 우울증이 심각하다고 했거든. 여러 가지 방법이 있지만, 우울증의 원인이 곳곳에 도사리고 있는 현재 주거지를 떠나서 새로운 삶을 시작하는 것도 좋은 방법이라고 하니, 내가 거부할 수 없잖아? 근데 막상 엄마 아빠랑 마주 앉아서 이야기할 때, 내 마음속에 있는 수채가 반대했거든. 그건 나도 예상 못 했던 거야.

"싫어. 엄마는 그동안 날 한 번도 믿지 않았잖아? 예전에 덤덤이를 믿지 못하고 마당에다 묶어 둔 것처럼."

수채야, 이제 와서 하는 말이지만 그건 뜬금없는 말이었어. 이사를 하느냐 마느냐 하는 것을 의논하는 판에, 전혀 엉뚱한 말을 한 거야. 그래서 우리는 더 놀랐어. 엄마는 당황하며 눈빛이 흐트러졌어.

"아니, 그건……."

"난 다시 개를 키울 거야."

수채야, 다시 개를 키우겠다는 말에 우리 모두가 놀란 거 알지? 물론 나도 놀랐어. 내 마음속에 그런 생각이 들어 있다는 것도 그때 처음 알았어. 그러면서 내가 나를 모른다는 생각을 새삼 다시 하게 되었지. 내가 나를 모르는데, 내가 엄마 아빠를 비롯하여 다른 친구들을 어찌 알겠어. 아, 이런 거구나! 나는 늘 나를 잘 안다고 생각했는데 그게 아니었어. 나를 잘 알아야만, 내가 어떤 사람인지, 뭘 좋아하는지, 어떤 사람이랑 말하고 싶어 하는지, 어떨 때 편안한지, 어떨 때 잘 웃는지……. 난, 나에 대해서 모르는 게 더 많았어.

엄마는 물을 한 잔 마시더니 부쩍 야윈 얼굴을 문지르고, 마른 입술도 몇 번 깨물어 보고, 덤덤이의 집이 있었던 마당도 흘 깃 쳐다보고는 고개를 흔들었어.

"덤덤이 생각만 하면 가슴이 미어져. 너무 짧게 살다가 가서. 미안하고, 또 미안하고, 그 미안함의 덩어리가 슬픔의 응어리가 변해서, 가슴을 막고, 목을 막고……."

"난, 덤덤이가 짧게 살았다는 생각 안 해."

그것 역시 내가 생각지도 못했던 말이야. 그래서 당황했고, 수채 네가 왜 이런 말을 하는지 알 수 없었어. 덤덤이가 짧게 살았던 것은 사실이잖아? 내가 초등학교 6학년 겨울에 만나서, 고등학교 2학년 초가을에 죽었으니까, 햇수로 6년이야. 근데 말이야, 조금 더 생각해 보니까, 수채 네 말이 맞는 것 같았어. 고작 6년이지만 나보다 몇 배 더 많이 산 것 같았거든.

수채야, 네 말이 맞아. 그동안 얼마나 많은 일이 일어났니? 얼마나 많은 친구들이랑 울고 웃고 힘들어했니? 덤덤이는 우리가 모르는 들개 아키타랑 사랑했고, 그 뒤에는 타르트랑 사랑했고, 스타를 비롯하여 사과, 수박, 로또 같은 친구가 있었어. 그에 비해 나는 얼마 산 것 같지 않아, 난 말이야, 난 친구도 제대로 사귀어 보지 못한 것 같고, 사랑은 시작도 못 해 본 것 같고, 나를 위해서 열심히 고민해 본 적도 없는 같고. 난 말이야, 난…… 그러니, 난…… 이제 제대로 한번 살아 보고 싶어……. 후회하지 않게, 덤덤이처럼 길게. 그렇게 말하자 아빠는 나를 보면서 침묵했고, 엄마는 눈시울을 붉혔어.

"딸아, 엄마는 후회한다. 덤덤이를 분양받지 말았어야 해. 그걸 후회해. 덤덤이가 오지 않았더라면 너도 그곳에서 별 탈 없이 평범하게 무난하게 학교 다녔을 텐데. 이곳에 와서 힘들어하고, 이게 다 엄마 탓이야."

엄마들은 늘 그렇더라. 어떤 말을 하다가 끝판에는 늘 당신 탓을 하더라. 그게 엄마라는 존재의 속성일까. 나도 나중에 그렇게 될까. 그렇다면 난 엄마 되고 싶지 않아.

"아니야. 엄마, 그건 아니야. 난 덤덤이 때문에 많이 행복했어. 덤덤이랑 같이 있을 땐 눈에 보이는 모든 것들이 찬란했어. 진짜 꿈같았고, 환상적이었어. 난 이제 고작 18살이고, 공부도 별로고, 그러니까 엄마 같은 어른들하고는 비교할 수 없을 만큼 뇌에 든 지식이나 삶에 대한 요령도 부족하지만, 그래도 난 덤덤이랑 걔들을 통해 학교에서는 배울 수 없는 어떤 수많은 가치에 대해서 생각하게 되었어. 어쩌면 앞으로도 영영 배울 수 없는 진실과 감동을. 난 후회 안 해. 그러면 된 거지. 문제는 나야. 덤덤이를 끌어들이지 마. 오히려 고마워."

와아, 그렇게 막힘없이 말하는 수채 네가 정말 놀랍고도 대견했어. 내 마음속에 그런 말들이 언제 자라고 있었지? 아니, 내가 그렇게 깊은 생각을 했단 말이야? 늘 자존감이 약해서 다른 사람들 앞에만 서면 희미해지고 초라했는데, 오늘은 유리창에 투시되는 네가 유독 또렷하게 보였어. 그만큼 난 나에 대해서 몰랐고, 그러니 나 스스로 나를 무시할 때도 많았을 거야.

수채야, 너는 이런 말도 하였어. 난 한 마리 개가 되어서 살아도 행복할 것 같아. 거침없이 그렇게 말하자, 엄마가 붉은 눈시울을 문지르면서 너랑 접선하듯이 네 손을 꼭 잡았지. 너는 말했어. 개들은 살아가는 과정을 중시하고, 결과만을 최고로 생각하는 인간하고 달라. 그리고 부와 명예를 위해서 살지 않아. 하루하루 최선을 다해서 살아갈 뿐이라고. 너의 호소력 있는 떨림이 엄마의 손을 통해 전기처럼 흘러 나갔어. 우리 딸이 이렇게 컸구나! 엄마의 떨리는 목소리가 들리자, 나를 낳으려고 하는 순간 엄청 떨렸다는 엄마 말이 떠올랐어. 순간 엄마의 시간이 떨린다는 것을 알았고, 그 떨림은 내가 새로운 세상으로 나올 때부터 생겨났다는 것을 알았지. 새로운 잎이 돋아날 때도, 내가 새로운 시작을 할 때도 떨림이 생기는데, 다 똑같은 떨림이라는 것도 알았어. 넌, 이제 보이지 않는 것도 볼 줄 아는구나! 그게 자라나는 거야. 네가 너무 자랑스럽다. 그건 아빠가 한 말이었어. 넌, 진짜 달라 보였어. 한동안 세 사람은 침묵의 언어를 주고받았어. 그러다가 네가 이렇게 말했어. 내가 얼마만큼 자랐는지 그건 모르지만, 분명한 사실은 개들을 통해 엄청난 생을 알았다고 했어. 엄청난 세계를, 엄청난 우주를 보았다고. 새삼, 그 개들이 고맙고, 그것이 지난 생의 이야기인 것만 같아서, 그것을 잊을까 봐 요즘 글로 기록하고 있다는 말까지.

엄마는 감동받은 눈빛으로 네 손을 더욱 꼭 잡았는데, 그 떨림이 고스란히 나한테 전해지더라. 처음으로 엄마라는 거인이 나한테 당신의 모든 존재를 의지하는 것 같았어. 짧은 순간이었지만. 그런 무게가 부담스럽지 않았고, 비로소 엄마를 온전히 느낄 수 있었지.

"이번에는 내 친구들이랑 같이 와서 강아지들 집을 지을 거야."

엄마는 그 말에 피식 웃어 버렸고, 이제 다 알아서 한다면서 편안해지는 것 같았지. 넌 혼자만 알고 있었던 사실을 털어놓았어. 사실 지난주에 들개들이 살았던 그 슬레이트집에서 다시 강아지들을 보았거든. 모두 두 마리였는데, 어미인 검둥이가 약해 보여서 늘 걱정이었어. 검은색 강아지 한 마리, 흰색 한 마리. 근데 흰색 강아지는 신기하게도 진돗개 스타를 닮았어.

그 말을 듣자마자 엄마랑 아빠는 당장 그곳으로 갔어. 근데 강아지들이 보이질 않았어. 그다음 날 오후에서야 엄마가 수채한테 말했지.

"봤다, 봤어. 근데 어미가 안 보여."

그건 사실이었어. 어미가 보이질 않았어. 넌, 자꾸만 불길한 생각이 든다고 했지만, 엄마는 긍정적으로 이야기했지. 강아지들 젖을 뗄 때가 되어서 어미가 떠났을지도 모른다고. 신기하게도 그 강아지들은 네가 휘파람을 불자 꼬리를 치며 마루 밑 굴에서 기어나왔고, 엄마가 녀석들을 끌어안았어.

"정말 이 녀석은 스타랑 닮았네!"

그렇게 해서 강아지 두 마리가 다시 마당에서 뒹굴기 시작한 거야. 그러자 엄마가 가장 많이 강아지들이랑 시간을 보냈고, 아빠도 덤덤이를 키울 때하고는 달리 강아지하고 노는 시간을 늘려 나갔지. 수채야, 강아지들 이름 짓는 선택권을 엄마 아빠한테 양보한 것도 놀라운 일이었어.

"그건 너무 흔해."

"그건 우리 강아지랑 안 어울려. 우리 강아지는 토종개인데, 영어 이름은 좀 그렇잖아!"

"그 이름은 작은 강아지들에게 어울릴 것 같아. 우리 강아지는 아주 크게 자란다고!"

"그 이름이 좋긴 한데, 딱 입에 붙질 않네! 더 고민해 봐."

"뭔가 특별한 이름이었으면 좋겠어."

일부러 엄마 아빠한테 퇴짜를 놓고 있는 건 아니고, 뭔가 우리 강아지들에게 딱 맞는 이름이 아직까지는 없었어. 그래도 부모님이 강아지들에게 잘 맞는 이름을 지어 올 거야. 뭐 그리고 고작 이틀밖에 고민하지 않았는걸……

『휘슬링』
창작 노트

　오래전 나는 어느 백일장에 심사위원으로 참여했다. 모든 일
정이 끝나고 심사위원들은 족발집에 모였다. 날도 차고, 배도
고팠다. 한동안 정신없이 먹었다. 한참 시간이 지나고 나서야
누군가 입을 열었다. 족발 뼈다귀를 반려견에게 갖다주면 좋을
것 같다는 의견이다. 누군가의 입에서 반론이 나왔다. 인간의
음식은 염분이 많아서 반려견에게 해롭다는 뜻이다. 그때부터
난상토의가 이어졌다. 반려견은 오랜 옛날부터 인간과 동행했
기 때문에 인간의 음식이 별로 해롭지 않다는 의견, 요즘 반려
견들이 오래 사는 이유는 인간이 먹다 남은 음식이 아니라 균
형 잡힌 식단을 사료라는 형태로 제공하기 때문이라는 의견이
다. 특별히 누군가 주도하는 토론이 아니기 때문에 적당히 의

견이 오가다가 조용해질 무렵, 내 옆에 있던 선배가 불쑥 반려견 이야기를 끄집어냈다.

독신인 선배는 오랫동안 반려견을 키우고 있었다. 이제는 눈빛만 보아도 서로의 깊은 감정을 느낄 만큼 가까운 사이라고 했다. 암캐인 반려견은 여섯 살이 되도록 사랑을 하지 않았다. 주변에 근사한 수캐들이 있어도 눈길 한 번 주지 않더니, 어느 순간 아랫집 개랑 사랑에 빠져 버렸다. 선배는 적극적으로 도와주었다. 반려견은 다섯 마리의 강아지를 낳았다. 눈에 넣어도 아프지 않을 만큼 강아지들이 예뻤다. 그러다가 강아지들이 눈을 뜨고 집 안을 헤집고 다니자 걱정이 되기 시작했다. 그것들을 떠나보내야 하는데, 입양하겠다고 신호를 보낸 사람들이 아파트에서 산다는 것이다. 그때부터 고민이 깊어졌다.

"우리 개들은 아파트에서는 못 살아요. 체구도 크고, 크게 짖어 대고, 그러니 미래가 뻔하잖아요? 성대 수술은 필수일 것이고, 중성화 수술도 할 것이고……. 그런 생각을 하니까, 차라리 내가 안락사시키는 게 낫다는 생각이 들어요. 마당 있는 주택에서 사는 사람이라면 모를까, 아파트에서 사는 분들에게는 보내지 않으려고요. 입양되지 않으면 다 안락사시킬 생각입니다."

안락사라는 말을 듣는 순간, 나는 이상하게도 마음이 불편했다. 놀랍게도 주위의 작가들이 그 선배의 말에 거의 다 동의했다. 아니, 그게 말이 되는가. 자기가 키우는 반려견이라고 해서 자기 마음대로 어린 생명을 죽일 수 있다고 생각하는 발상이 너무 끔찍하지 않은가. 더구나 작가라는 사람들이 말이다. 그래서 나도 모르게 입을 열고야 말았다. 안락사에 대한 반대 의견이 아니라 그 강아지를 입양하고 싶다는 말이었다. 나는 아파트에서 살고 있었지만, 조만간 마당 있는 집으로 이사한다는 말까지 덧붙였다. 선배는 나를 보더니 고개를 끄덕였다. 나는 다음 날 선배네 집에 가서 강아지를 데리고 왔다. 그렇게 해서 반려견과의 동행이 시작되었다.

나는 숲이 가까운 주택으로 이사했다. 강아지와 함께 우리 식구는 하루하루가 새롭고 신비로웠다. 우리 강아지는 자유롭게 마당과 숲을 돌아다니면서 성장했다. 개는 날마다 나에게 새로운 이야기를 들려주었다. 이 책에 들어 있는 개들의 모든 이야기는, 우리 개가 살아가면서 들려준 이야기다.

우리 개는 들개들하고 특별한 인연을 맺었다. 나는 들개들이 그들만의 세상을 이루기를 바랐다. 개들도 성장하면서 세상을 배우고, 누군가를 사랑하면서 살아간다. 그런 관계 속에서 싸우기도 하고, 왕따를 시키기도 하고, 새로운 세상으로 떠나기도 한다. 이웃에 있는 여러 개를 보면서, 새삼 내가 성장해 온 시간을 그려 보았다. 골목과 골목에 있는 수많은 집들, 그곳에서 살았던 여러 형들, 친구들, 동생들, 어른들. 아이들은 그런 관계 속에서 성장해 왔다. 나는 개들도 그렇게 성장한다는 것을 알았다.

왜 요즘 아이들이 반려견을 좋아할까?

실제로 아이들에게 물어보았다. 심심하지 않으니까요. 반려견이 같이 놀아 주니까요. 반려견이랑 있으면 외롭지 않으니까요. 반려견이 내 이야기를 들어 주니까요. 반려견은 저를 배신하지 않으니까요. 아이들은 그런 식으로 대답했다. 그러니까 같이 놀 수 있고, 언제든지 자기 말을 들어 주는 친구 같은 관계를 열망한다는 것을 알 수 있었다.

이 글의 주인공인 수채는 휘파람으로 개들과 소통하면서 친구처럼 지낸다. 개들의 삶이 인간과 다르지 않다는 사실도 알아 간다. 반려견뿐만 아니라 인간에게 버림받아 스스로 존재를 개척해 가는 들개들의 삶까지 보면서, 인간과 개라는 경계를 넘어 친구가 된다. 살아가는 그들의 지혜를 은연중에 배우기도 한다.

개든 인간이든 성장한다는 것은 자신을 알아 가는 과정이다.

주인공 수채는 방황하고 방황하다가 결국은 자기 자신을 너무 몰랐다는 깨달음에 이른다.

"내가 나를 모르는데, 내가 엄마 아빠를 비롯하여 다른 친구

들을 어찌 알겠어. 아, 이런 거구나! 나는 늘 나를 잘 안다고 생
각했는데 그게 아니었어. 나를 잘 알아야만, 내가 어떤 사람인
지, 뭘 좋아하는지, 어떤 사람이랑 말하고 싶어 하는지, 어떨 때
편안한지, 어떨 때 잘 웃는지……. 난, 나에 대해서 모르는 게
더 많았어."

나는 수채에게 자기 마음을 들여다볼 수 있는 작은 마음의
거울을 선물하고 싶었다. 이 세상 모든 청년들에게 그 거울을
선물하고 싶었다.

"늘 자존감이 약해서 다른 사람들 앞에만 서면 희미해지고
초라했는데, 오늘은 유리창에 투시되는 네가 유독 또렷하게 보
였어. 그만큼 난 나에 대해서 몰랐고, 그러니 나 스스로 나를
무시할 때도 많았다는 뜻이야."

그 거울을 선물한 것은 인간의 가장 오래된 친구 개들이다.
반려견을 비롯하여 인간에게 버려진 개들조차 수채하고 친구
가 되고, 그 아이를 위로해 준다.

"내가 얼마만큼 자랐는지 그건 모르지만, 분명한 사실은 개
들을 통해 엄청난 생을 알았다고 했어. 엄청난 세계를, 엄청난
우주를 보았다고. 새삼, 그 개들이 고맙고, 그것이 지난 생의 이
야기인 것만 같아서, 그것을 잊을까 봐 요즘 글로 기록하고 있
다는 말까지."

세상 모든 아이들에게 그런 친구가 있었으면 좋겠다. 무조

건 아이들의 이야기를 들어 주고 지지해 주면서 따뜻한 혀로
흐르는 눈물까지도 다 닦아 줄 수 있는 개. 절대 친구를 배신
하지 않는 개. 그런 친구들이 있었으면 좋겠다. 그런 바람으로
이 글을 썼다.

우리 식구랑 함께 살았던 반려견 덤덤이와 사포를 생각하면서,

2025년 이상권

휘슬링

ⓒ이상권, 2025

초판 1쇄 인쇄일 | 2025년 3월 17일
초판 1쇄 발행일 | 2025년 3월 28일

지은이 | 이상권
펴낸이 | 사태희
편   집 | 박선규 · 책임편집 | 정미리
디자인 | 김경미
마케팅 | 장민영
제   작 | 이승욱 이대성

펴낸곳 | (주)특별한서재
출판등록 | 제2018-000085호
주 소 | 08505 서울특별시 금천구 가산디지털2로 101 한라원앤원타워 B동 1503호
전 화 | 02-3273-7878
팩 스 | 0505-832-0042
e-mail | info@specialbooks.co.kr
ISBN | 979-11-6703-154-9 (43810)